Otto Bürckner

„Schule ist Scheiße!"

Ist Schule schon dem Tod geweiht?
Oder ist sie noch zu retten?

© 2012 Otto Bürckner

ISBN: 978-3-8491-1793-1
Verlag: tredition GmbH

Bildnachweis:
© kmiragaya - Fotolia.com (Titel)
© Wolfgang G. Schneider, Warstein (Innen)

Printed in Germany

Bibliografische Information der Deutschen Nationalbibliothek:
Die Deutsche Nationalbibliothek verzeichnet diese Publikation in der Deutschen Nationalbibliografie; detaillierte bibliografische Daten sind im Internet über http://dnb.d-nb.de abrufbar.

Es gibt schon viele Bücher über Schule: Ernste, spaßige, wertvolle und weniger wertvolle. Und jetzt noch eines? – Ja! – Und ehrlich gesagt, ich weiß nicht, ob es ernst oder weniger ernst anmutet. Ernst gemeint ist es ganz bestimmt, und es soll zum Nachdenken anregen.

Damit derjenige Leser, dessen Vorstellungen von Schule mit dem, was ich unter dem Begriff 'Schule' beschreiben möchte, inkompatibel sind, schon gleich zu Beginn die Möglichkeit hat, die Lektüre dieses Büchleins zu beenden, versuche ich zunächst einmal deutlich zu machen, was ich nicht beschreiben möchte, wenn ich von 'Schule' rede, und zwar deshalb, weil ich keine Erfahrungen in dieser Hinsicht habe.

Nicht beschreiben möchte ich Schulen, deren Klientel aus mehr als fünf Prozent Schülern mit Migrationshintergrund beziehungsweise –vordergrund besteht. Die dabei auftretenden Probleme erscheinen aus meiner Sicht so groß und ihrer Ausformung nach so facettenreich, dass ich mir keine Beurteilung zutraue. Immerhin kann ich mir vorstellen, dass wenn schon solche Schulen ein negatives Urteil bekommen, deren Klientel nicht aus mehr als fünf Prozent Schülern mit Migrationshintergrund beziehungsweise –vordergrund besteht, dass es unglaublich schwierig ist, Schulen mit eben solchen Problemen so zu führen, dass sie einen vorwiegend positiven Eindruck hinterlassen.

Wenn ich mir eine Beurteilung der Schulen mit relativ vielen Schülern, deren Eltern eine andere Muttersprache und/oder Religion haben oder einem anderen Kulturkreis angehören, nicht zutraue, dann geht daraus ja mittelbar hervor, dass ich mir eine Beurteilung einer Schule zutraue, wo es relativ wenige dieser Schüler gibt.

Trotzdem oder gerade deswegen sei mir die Frage – mindestens als rhetorische Frage – erlaubt: 'Wieso eigentlich ich?'

Wieso halte ich mich gerade für kompetent, ein Büchlein über das meines Erachtens miserable Image von Schule zu schreiben?

Wem das Herz voll ist, dem fließt der Mund über. So heißt es in einem Sprichwort. Mein Mund fließt über, und zwar so, dass ich es manchmal gar nicht stoppen kann. Wenn ich in dem Bild des Überfließens bliebe, müsste ich davon reden, dass ich mich manchmal ununterbrochen übergeben müsste. Weil es zum Kotzen ist? Nun, vieles ist zum Kotzen! Vieles ist auch amüsant, manches ist auch nur ärgerlich, und manches mag auch langweilig sein.

Wenn man sich übergibt, ist einem vorher übel. Übel war mir oft in den vergangenen 'zig Jahren, obwohl ich meine verschiedenen Berufe im Rahmen von Schule und damit die verschiedenen Blickwinkel, unter denen ich Schule gesehen habe, die weitaus meiste Zeit geliebt habe.

Aber der Reihe nach!

Wieso ich? – Wer bin ich, dass ich viel Freude und Befriedigung, aber auch Ärger mit der Schule hatte und mir ein Urteil über Schule und alles, was damit zusammenhängt, erlauben werde?

Die zwei oder drei Leser, die ich habe, kann ich beruhigen: Ich werde keine Autobiografie schreiben! Versprochen! Trotzdem einige Zeilen zur Frage: Wieso ich?

Ich bin ein Lebenslänglicher! – Nein! Keine Angst! Kein Gewaltverbrecher! Lebenslänglich gibt es auch, wenn man kein Gewaltverbrecher ist, sondern einfach nur Beamter. Ich bin also lebenslänglicher Beamter, Gymnasiallehrer. Genau genommen pensionierter lebenslänglicher Gymnasiallehrer. Ich habe die Fächer Mathematik und Sport studiert und unterrichtet. In den Siebzigern des vorigen Jahrhunderts habe ich vier Jahre als Lehrer an einer deutschen Schule in Kairo gearbeitet, bevor ich dann an einem Studienseminar jungen Mathematikern das Unterrichten des Faches Mathematik beigebracht habe. Fachleiter für Mathematik nannte sich der Beruf. Die letzten dreizehn Jahre war ich Leiter eines Gymnasiums. Und zu guter Letzt: Ich habe zwei mittlerweile erwachsene Söhne, deren Ärger mit der Schule ich hautnah erlebt habe. Und ich bin manches Mal beim gemeinsamen Mittagessen an dem fast erstickt, was ich zum Schutz der Kollegen nicht gesagt habe. Fast wie ein Déjà-vu-Erlebnis empfinde ich es, wenn ich in den letzten zehn Jahren den Kampf meiner drei Stiefkinder, also der Kinder meiner jetzigen Frau, mit der Institution Schule miterlebe. Und schließlich: Ich habe im Laufe meiner 'Karriere' als Gymnasiallehrer drei Disziplinarverfahren erfolgreich überstanden. Das heißt, sie sind zu meinen Gunsten ausgegangen. Auch das wirft ein Schlaglicht auf das Image von Schule! – Kurzum: Ich bin der festen Überzeugung, dass damit die Frage „wieso ich?" hinreichend beantwortet ist. Alles, was ich mir erlaube zu beurteilen, basiert auf einer über fünfundsechzigjährigen Schulerfahrung, meine reichhaltige Erfahrung als Schüler selbstverständlich eingeschlossen. Etwas präziser formuliert: Ich beurteile also das, was ich im Laufe der letzten 65 Jahre als Schule erlebt habe.

Und trotzdem rate ich jedem Leser dieser Zeilen, alles mit einer kritischen Distanz aufzunehmen. Vielleicht ist es ja auch so, dass gerade die Tatsache, dass ich angesichts einer so langen Erfahrung auch schon ganz schön alt sein muss, mein Urteil disqualifiziert, statt es zu qualifizieren. Wir kennen alle die uralten und weniger uralten Sprüche: „Traue keinem über dreißig!" oder „Im Alter lassen alle Sinne nach, bis auf den Starrsinn!" – Wer weiß! – Also: Kritische Distanz ist gefragt!

Bevor ich ins Detail gehe, halte ich es für wichtig, mich noch einen Moment bei den Präliminarien aufzuhalten:

Ich werde das, was ich sage bzw. schreibe, zwar inhaltlich nicht verfälschen, das verspreche ich, aber ich werde Handlungen an andere Orte verlegen, den Akteuren andere Namen geben und manchmal Ereignisse mit verschiedenen Akteuren auf einen Akteur projizieren, den ich erfunden habe. Jedwede Ähnlichkeit mit lebenden oder verstorbenen Personen wäre dann nicht rein zufällig. Das hat natürlich einen Sinn: Manche der Akteure leben noch oder sind gar noch im Staatsdienst. Und es ist nicht meine Absicht, persönliche Diffamierungen abzulassen oder Wunden aufzureißen oder gar Rache zu üben. Ich würde mich eher freuen, wenn ich einen – wenn auch noch so kleinen – Beitrag dazu leisten könnte, dass sich etwas verbessert und dass es vielleicht weniger Ärger mit der Schule gäbe. Und wenn sich bei einem so trägen System, wie Schule nun einmal ist, überhaupt etwas verbessern kann, dann ... Ja, ich weiß nicht recht, in ganz kleinen Schritten oder mit einem klaren Schnitt?

In ganz kleinen Schritten? Würde das nicht ein Kurieren an den Symptomen bedeuten? Und wird das nicht schon seit Jahren so gemacht, ohne dass sich wirklich etwas merklich verbessert hat? – Es könnte doch auch sein, dass einmal einer den Mut hat, wie bei einem dahin siechenden Tier den Exitus einzuleiten und damit das Tier von seinen Leiden zu erlösen, wie bei einer unserer Katzen geschehen. – Aber wer sollte das bei der Institution Schule tun? Und wie sollte das gehen?

Eine – zugegeben – verlockende Alternative! Aber ich weiß im Augenblick noch nicht genau, wie oben schon angedeutet, welchem Vorgehen ich eher zuneige: klein-klein oder Exitus und Neugründung.

Ich habe, wie ich oben schon angedeutet habe, ganz bestimmt nicht die Absicht, eine persönliche Abrechnung mit der Schule zu schreiben. Ebenso wenig möchte ich eine gesellschaftskritische wissenschaftliche Abhandlung schreiben. Ich bringe im Folgenden lediglich einige meiner eigenen Erfahrungen und Beurteilungen zu Papier.

Die Zeit des Sammelns von Erfahrungen und damit auch die Zeit des akuten Freuens oder Ärgerns über Schule ist vorbei, weil ich längst den wohlverdienten Ruhestand genieße, meine Kinder erwachsen sind und meine Stiefkinder das Abitur bereits haben. Vielleicht kann es ja einen kleinen Anstoß geben, wenn ich sowohl meiner Freude als auch meinem Ärger Luft mache und es auch an Beispielen und Vorschlägen nicht fehlen lasse. Ich habe vor, das eine oder andere Beispiel zu geben, wie Unterricht und damit ein nicht unwichtiger Teil von Schule besser zu machen ist. Diese Beispiele sind nicht ausgedacht, sondern haben real stattgefunden, und zwar entweder im Unterricht von Referendaren, die mir zur Ausbildung zugeteilt worden waren, oder auch in meinem eigenen Unterricht.

Diese Beispiele stammen natürlich alle aus dem Fachunterricht Mathematik. Aber keine Angst! Sie sind alle so einfach und auch so ausführlich erklärt, dass sie bei keinem Leser, dem das Fach Mathematik noch aus der Schulzeit in unliebsamer Erinnerung ist, Unverständnis und Unmut auslösen sollen. Ich möchte mich aber nicht dem Vorwurf aussetzen, dass ich nicht bei meinen Leisten – soll heißen, bei meinem Studienfach – bleibe oder dass ich in fremden Revieren wildere.

Ich vermute allerdings sehr stark, dass 'Mathematik' hier als Variable für irgendein Schulfach stehen kann. Ein Lehrer, der sich für sein Fach engagiert und sich mit seinem Fach identifiziert, sollte in der Lage sein, Schüler dafür zu motivieren, ja, sie geradezu dafür heiß zu machen, jedenfalls die meisten von ihnen.

Falls es aber doch den einen oder anderen Leser geben sollte, dem das Fach Mathematik aus seiner Schulzeit so verhasst ist, dass es ihm die Fußnägel hoch rollt, wenn er sich in einen einfachen mathematischen Zusammenhang hinein denken soll, dann ist es auch in Ordnung, wenn er einfach zwei Seiten überblättert. Er wird deshalb das Verständnis für den Gesamtzusammenhang nicht verlieren.

Zunächst also nun ein paar Unterrichtsbeispiele, quasi als konstruktive Kritik!

***

Es ist der zweite Tag nach den Sommerferien am Gebrüder-Grimm-Gymnasium in Neustadt, ein Mittwoch.

Die siebzehn Schülerinnen und Schüler des Leistungskurses Mathematik der zwölften Jahrgangsstufe sind am Ende der ersten großen Pause erstmalig zusammen gekommen und 'beschnüffeln' einander. Auffallend ist, dass es nur drei Mädchen in dem Kurs gibt, Frauke, Silke und Petra, und vierzehn Jungen. Vielleicht gilt ja in dem verschlafenen Neustadt noch das Vorurteil, dass Mädchen für Mathematik weniger begabt sind als Jungen. Ein paar kluge Wissenschaftler haben herausgefunden, dass Menschen gewöhnlich ein Vorurteil im Gegensatz zu einem Urteil wider besseres Wissen nicht aufgeben. Und dieses Phänomen mag es auch in Neustadt geben.

Die Organisation der Schule ist auch nicht mehr das, was sie mal war: Niemand hat gewusst, welcher Lehrer den Kurs übernimmt. So haben die Schülerinnen und Schüler quasi die Katze im Sack gekauft. Aber was hätten sie denn machen sollen? Schließlich ist das der einzige Leistungskurs gewesen, der in Mathematik angeboten worden ist. Eine Alternative der Wahl hat es nicht gegeben. Wer Mathe wählen wollte, *musste* eben diesen Kurs wählen. Während diese Probleme unter den Kursmitgliedern in einem Gemurmel besprochen werden, geht die Tür des Klassenraums auf, und ein junger Mann, der sich im Aussehen nicht wesentlich von den Schülern unterscheidet, kommt schwungvoll herein. Das Gemurmel ebbt ab, weil der Neue am Lehrertisch stehen bleibt und darauf wartet, dass es ruhig wird. Er wartet und wartet. Er macht jedenfalls nicht den Fehler, den die meisten anderen Lehrer machen, einfach in das Gemurmel hinein zu reden. Tatsächlich wird es während seines Wartens ruhig, geradezu mucksmäuschenstill. In diese Stille hinein sagt er mit leiser, aber hörbarer und angenehmer Stimme:

„Guten Morgen! – Mein Name ist Frank Walther; Walther ist mein Familienname. Ich bin, auch wenn es auf den ersten Blick vielleicht nicht so aussieht, Ihr Mathematiklehrer, mit dessen Eigenarten und Macken Sie sich die nächsten zwei Jahre herumschlagen müssen. Zu meinem Aussehen kann ich nichts. Man hat mir bei meiner Referendarausbildung gesagt, man könne mich der äußeren Erscheinung nach von den Schülern der Oberstufe kaum unterscheiden, hinsichtlich meiner Mathematikkenntnisse sehr wohl. Ich hoffe, dass Sie bezüglich meiner mathematischen Kenntnisse zu der gleichen Ansicht kommen."

Ein leises Getuschel setzt ein. Frank Walther wartet, diesmal nur einen Moment, bis es wieder ruhig wird. Dann sagt er:

„Ich möchte Ihnen sagen, dass ich es mutig von Ihnen finde, dass Sie mich als die Katze im Sack gekauft haben. Als Sie diesen Kurs gewählt haben, wusste noch nicht einmal ich selbst, dass ich nach Neustadt kommen und diesen Kurs übernehmen würde. Ansonsten finde ich es grundsätzlich nicht in Ordnung, wenn jemand gezwungen wird, welche Katze auch immer im Sack zu kaufen. Deshalb handhabe ich es so, dass ich immer gern im Vorhinein über alles informiere, was anliegt. Darum informiere ich Sie jetzt vorab, was ich in der ersten Stunde der heutigen Doppelstunde mit Ihnen machen möchte.

1. Ich möchte Sie bitten, einen DIN-A-5-Bogen so zu knicken, dass er von allein steht. Darauf schreiben Sie bitte mit einem dick schreibenden Filzstift deutlich lesbar Ihren Vornamen, damit ich Sie anreden kann, denn ich kann mir unmöglich auf Anhieb siebzehn Namen merken. Es wäre schön, wenn dieses Namensschild dann auch in den nächsten Stunden auf dem Tisch stehen würde.

2. Ich werde mich dann Ihnen vorstellen, geboren wann, warum und so weiter.

3. Als nächstes möchte ich Ihnen einiges über meine Art zu unterrichten und Klausuren zu korrigieren und so weiter erzählen. Denken Sie an die Katze im Sack! – Und bitte, achten Sie in diesem Zusammenhang sorgfältig darauf, über welche Dinge ich zu entscheiden habe, weil ich dafür verantwortlich bin, und über welche Dinge es sinnvoll und möglich ist, demokratisch abzustimmen. Denn eines der obersten

Lernziele von Schule schlechthin, also auch von diesem Kurs ist es, Sie zu mündigen Bürgern unserer Demokratie zu bilden.

4. Ich würde auch gern noch einen Kurssprecher aus Ihrer Mitte wählen lassen, der mir gegenüber die Kursmitglieder vertritt, falls es mal einen Konflikt gibt. Schließlich gibt es reichlich Konfliktpotenzial. Ich weiß aber nicht, ob wir die Wahl noch in der ersten Stunde schaffen. Hoffentlich! Ich würde nämlich die zweite Stunde gern dazu benutzen, einen ersten Eindruck zu bekommen, was Sie so drauf haben, ich meine mathematisch und kommunikationsmäßig!

Gibt es bis dahin Fragen oder Einwände? – Nein! – Okay! Dann nehmen wir unser Programm in Angriff!"

„Ein starker Auftritt!" sagt Mark leise zu Oliver. „Hoffentlich bleibt das so!"

Ein allgemeines Gemurmel setzt ein. Man unterhält sich leise über den ersten Eindruck. Nach kurzer Zeit steht auf jedem Platz ein Namensschild.

„Das hat ja schon gut geklappt!" sagt Frank Walther. „Jetzt also Punkt zwei! Ich heiße Frank Walther, das sagte ich ja vorhin schon. Ich bin in Hannover geboren und bin, ob Sie es glauben oder nicht, bereits 28 Jahre alt, also mehr als zehn Jahre älter als die meisten von Ihnen. Ich habe Mathematik und Sport in Hannover studiert und habe meine Referendarausbildung auch in Hannover gemacht. Dieses ist meine erste Stelle als Studienassessor. Und wenn ich mich nicht gerade auf den Unterricht vorbereite oder Hefte korrigiere, dann spiele ich leidenschaftlich gern Doppelkopf, Tennis oder Klavier. Ich bin nicht verheiratet und habe meines Wissens auch keine Kinder."

Ein kurzes Lachen geht durch den Kurs.

„Falls jemand von Ihnen noch Fragen dazu hat, dann gilt – wie übrigens auch in den nächsten zwei Jahren – der Grundsatz: Fragen ist erlaubt, aber der Gefragte entscheidet frei, ob er antworten will oder nicht. Und *wenn* er antwortet, sagt er die Wahrheit."

Frauke meldet sich zu Wort:

„Was spielen Sie denn so auf dem Klavier? Klassik? Schlager? Oder was?"

Frank Walther sieht Frauke an und antwortet:

„Klassik kann ich nicht, weil ich als reiner Autodidakt nicht nach Noten spielen kann. Ich spiele Jazz und auch die Schlager aus meiner Jugendzeit. Die Musik, die *Sie* mögen, werde ich nicht können!"

„Sagen Sie das nicht!" sagt Frauke und lächelt verschmitzt.

Da es weiter keine Wortmeldungen gibt, ruft Frank den nächsten Punkt auf.

„Gut! – Ich möchte Ihnen etwas über meine Art zu unterrichten und Klausuren zu korrigieren erzählen. Das kann länger dauern. Wenn Sie also Fragen oder Ergänzungen haben, unterbrechen Sie mich bitte sofort!

Zunächst zum Unterricht:

Ich bereite meinen Unterricht gewöhnlich vor, dass ich über das, was in der Stunde gemacht wird im Allgemeinen Bescheid weiß, und zwar von der Sache her und auch methodisch und didaktisch. Und wenn ich mal irgendein Faktum nicht wissen sollte, dann werde ich das sagen und nicht vertuschen. Dann weiß ich es aber in der nächsten Stunde ganz bestimmt. Auch wenn ich mich mal an der Tafel verrechnen sollte, werde ich es nicht so machen, wie es einer meiner Lehrer gemacht hat. Der hat immer dann gesagt, 'ich wollte nur mal sehen, ob Ihr aufpasst'. Nein! Ich werde zu meinem Unvermögen stehen.

Mein Anspruch an Sie in diesem Zusammenhang ist, dass auch jeder von Ihnen zu jeder Stunde vorbereitet ist. Ihre Vorbereitung besteht im sorgfältigen Erledigen der Hausaufgaben. Nun weiß ich aus meiner bisherigen Erfahrung, die zwar nicht sonderlich groß aber doch ausreichend ist, dass zwischen dem Anfertigen von Hausaufgaben und dem Anfertigen von Hausaufgaben ein Riesenunterschied bestehen kann. Das heißt: Eine Hausaufgabe, die unter dem Aspekt gemacht wird, „hoffentlich habe ich diese Scheißaufgabe bald überstanden! Was muss ich tun, dass keiner merkt, dass ich keinen Bock habe," sieht ganz anders aus als eine Hausaufgabe, die unter dem Aspekt gemacht wird, „was kann ich tun, damit *ich* für den Unterricht in der nächsten Stunde optimal vorbereitet bin, weil ich nur dann optimal viel lerne." Arbeiten Sie nach der ersten Fragestellung, dann betrügen Sie sich selbst, und Sie werden sehr schnell merken, dass Sie nicht mehr gut mitkommen. Arbeiten Sie nach der zweiten Fragestellung, werden Sie sehr schnell merken, dass Sie nur der Selbstmord vor der Eins oder Zwei retten kann."

Ein kurzes Lachen unterbricht den Monolog des Lehrers. Dann fährt er fort:

„Das bedeutet: Wer sich unter dem zweiten von mir genannten Aspekt mit seiner Hausaufgabe auseinander setzt, weiß nicht nur, wie es geht, er weiß auch genau, wo sich welche Schwierigkeiten verbergen und eventuell auch, wie sie gemeistert werden können, oder mindestens, warum sie so nicht gemeistert werden können, wie er es versucht hat. – Also noch einmal: Die Auseinandersetzung mit der Hausaufgabe stellt eine wichtige Grundlage für einen erfolgreichen Lernprozess dar. – Deshalb gelten auch für Hausaufgaben besondere Bedingungen, die ich Ihnen gleich heute am ersten Tag mitteilen möchte, damit Sie nicht die Katze im Sack kaufen müssen.

Vorher möchte ich noch auf ein oft benutztes Argument, besonders von Eltern, eingehen, welches kommt, wenn die Tochter oder der Sohn weniger gut in Mathematik abschneidet: 'Mein Kind ist eben mathematisch unbegabt'! Erstens: Das sollte natürlich in einem Leistungskurs seltener oder gar nicht passieren! Zweitens: Ob einer mehr oder weniger begabt ist, zeigt sich erst frühestens im dritten Semester des Mathematikstudiums, vorher nicht. Und drittens gilt bei mir der Grundsatz: Wenn einer noch so unbegabt ist, wer fleißig ist, bekommt mindestens eine Vier, wahrscheinlich aber sogar eine Drei. – So! Zurück zu den Hausaufgaben!

Ich weiß, dass Hausaufgaben für viele Kollegen von mir eine untergeordnete Rolle spielen. Nicht bei mir! Hausaufgaben haben den Sinn, dass etwas vorher Durchgenommenes geübt und damit besser verstanden wird oder dass das Verständnis des Stoffes, der in der nächsten Stunde durchgenommen wird, vorbereitet werden soll. Sie haben bei mir *nicht* den Sinn, Sie in Ihrer Freizeit zu beschäftigen, damit Sie keine Dummheiten machen.

Deshalb gilt ab sofort: Falls jemand seine Hausaufgabe nicht oder nicht vollständig hat, hat er sich *unmittelbar nach* meiner Begrüßung zu melden. Ich werde dann einen entsprechenden Vermerk in mein Büchlein machen. Dieser Vermerk wird dann und nur dann gestrichen, nicht gelöscht werden, wenn der betreffende Schüler die Hausaufgabe komplett nachliefert, und zwar in der nächsten Stunde, nicht später! Eine Begründung dafür, dass er die Hausausgaben nicht gemacht hat, soll er mir nicht geben. Ich setze voraus, dass er seine Gründe gehabt hat. – Meldet er sich nicht zu Beginn der Stunde, so hat er eine echte Chance, nicht entdeckt zu werden, weil ich nicht jedes Mal, die Hausaufgabe genau kontrolliere, sondern nur mehr oder weniger große Stichproben mache. Wird er aber erwischt, trage ich ihn wegen Täuschungsversuchs in das Kursbuch ein, denn ich gehe davon aus, er hat mich täuschen wollen, er habe die Hausaufgabe ordnungsgemäß gemacht und natürlich auch zur Vorlage dabei. – Eine Frage oder Bemerkung bis dahin?"

Lars meldet sich und sagt:

„Das ist aber hart, finden Sie nicht auch? Das macht kein anderer Lehrer so. Und wäre das nicht etwas, wobei wir auch gefragt werden müssten?"

Herr Walther antwortet:

„Ja, das stimmt! Hart ist das, aber auch gerecht!– Deshalb erzähle ich Ihnen das schon jetzt, denn nur Sie allein können das vermeiden. Ich werde dafür bezahlt, und gar nicht so schlecht, dass ich die Verantwortung dafür trage, dass Sie in Mathematik etwas lernen und dass hier alles möglichst gerecht zugeht. Und mir ist bisher keine bessere Methode eingefallen, diese Verantwortung ernst zu nehmen. Und Sie können sicher sein, ich *nehme* sie ernst! Und wenn ich die Verantwortung dafür trage, dann bestimme ich auch die Bedingungen, nach denen das abläuft. Sonst kann ich diese Verantwortung nämlich nicht tragen. Das ist der Grund dafür, dass jeder Lehrer nach dem Schulgesetz hinsichtlich solcher Maßnahmen und im Rahmen der Didaktik und Methodik frei entscheiden kann. – Und dass das kein anderer Lehrer so macht, das kümmert mich sehr wenig. Sie werden merken, dass es auch bei der Unterrichtsführung wahrscheinlich Dinge gibt, die nur ich so mache. Das hat der Gesetzgeber eben so eingerichtet, dass ich das darf, wenn ich die Verantwortung trage. Nicht einmal der Gesetzgeber kann mich daran hindern, ein guter Lehrer zu sein."

Im Klassenraum gibt es lauter nachdenkliche Gesichter! Ein leises Getuschel unter Nachbarn!

„Aber bitte, stellen Sie ihre Fragen, wenn noch etwas unklar geblieben sein sollte!"

Der Lehrer macht eine relativ lange Pause. Dann sagt er: „Wenn Sie keine weiteren Fragen oder Bemerkungen zum Thema 'Hausaufgaben' haben, dann würde ich gern einige Bemerkungen zum Schreiben von Klausuren machen. Auch diese Bemerkungen sehen Sie bitte unter dem Aspekt der Vermeidung eines Kaufs einer Katze im Sack und unter dem Aspekt der Verteilung von Verantwortung!

Von dem erfolgreichen Abschneiden einer Klausur hängt für Sie ja eine ganze Menge ab. Deshalb bin ich der festen Überzeugung, dass Sie durch das Lesen der Aufgabestellung in die Lage versetzt werden müssen, nicht nur das Erfolgsrisiko abschätzen zu können, sondern auch das Risiko des Misserfolgs. Sie müssen in der Lage sein, folgendes zu beurteilen: Welche von diesen Aufgaben kann ich lösen, und wie viele Punkte bekomme ich dafür? Welche von diesen Aufgaben kann ich *nicht* lösen, und wie viele Punkte gehen mir dafür durch die Lappen? Das gilt meines Erachtens auch analog für andere Fächer. Dann müssen Sie eine Entscheidung etwa der folgenden Art treffen: Die Aufgaben 1a, 3b und 4c kann ich relativ schnell lösen, und dafür bekomme ich schon 17 Punkte, während ich mir für die Aufgabe 5 sehr viel Zeit nehmen muss. Und wenn ich dann die Punkte addiere, liege ich oberhalb der Mindestpunktzahl für soundso viele Zensurenpunkte. Ob Sie bei einer Klausur wirklich diese Überlegungen anstellen oder nicht, ist nicht mein Problem. Ich halte es aber für fair, wenn ich Ihnen die Chance dazu gebe. Deshalb wird jedes Kursmitglied mit dem Aufgabenzettel die folgenden Informationen bekommen:

1. Wie viele Punkte gibt es für welchen Aufgabenteil,
2. für wie viele Punkte bekomme ich welche Zensur,
3. wie viel Zeit steht mir insgesamt zur Verfügung.

Mit diesen drei Informationen kann jeder

- vorher berechnen, welche Zensur er bekommen wird,
- nachher kontrollieren, ob er die Zensur bekommen hat, die er verdient hat,
- meine Korrektur kontrollieren, ob ich vielleicht einen Fehler bei der Korrektur oder beim Addieren der Punkte gemacht habe.

Mit der Rückgabe der Klausur bekommt jeder Kursteilnehmer die richtigen Lösungen der einzelnen Aufgaben mit geliefert, damit er auch im Detail kontrollieren kann, ob er für jede Leistung die angemessene Punktzahl bekommen hat. – Es kommt mir darauf an, dass eine Klausur mit ihrer Korrektur sowohl für Schüler als auch für Eltern oder potenzielle Nachhilfelehrer absolut transparent ist, damit jeder beurteilen kann, dass er im Vergleich zu anderen Kursmitgliedern gerecht zensiert worden ist. Gespräche in diesem Zusammenhang können aber nur unmittelbar nach der Rückgabe geführt werden, nicht später, damit Manipulationen an der Arbeit nicht möglich sind. Deshalb gibt es in der Stunde der Rückgabe auch immer genug Zeit zur eingehenden Prüfung.

Hat jemand dazu Fragen oder Bemerkungen?"

Ein leises Gemurmel setzt ein. Frank Walther macht eine angemessen lange Pause. Dann sagt er:

„Offenbar habe ich das so vorgetragen, dass es kein Missverständnis gibt. Dann mache ich mal weiter. – Nun wende ich mich der Möglichkeit zu, die hoffentlich nie eintreten wird, dass ich nämlich jemanden sehe, der beim Anfertigen der Klausur täuscht. Selbstverständlich werde ich nicht gleich bei einem ersten vagen Eindruck zu dem endgültigen Schluss kommen, Fritz Müller täuscht, sondern ich werde durch verstärkte Beobachtung entweder diesen Eindruck erhärten, oder es stellt sich dann heraus, dass der Betreffende nicht täuscht. Erhärtet sich der

Eindruck durch weitere Indizien, treffe ich folgende Maßnahmen: Ich lasse den Betreffenden die Klausur zu Ende schreiben, allerdings unter meiner verstärkten Beobachtung. Am Schluss, wenn ich alle Arbeiten eingesammelt habe, teile ich ihm mit, dass ich ihn wegen Täuschung eingetragen habe. – Auch das ist hart, aber gerecht. Ich sage das, um Ihrem nächsten Einwand zuvor zu kommen. – Meine Erfahrung hat mich nämlich gelehrt, dass fast 100 Prozent aller Schüler, die täuschen, keine Ahnung von möglichen Lösungen der Aufgaben haben und auf Grund dessen sowieso eine Fünf oder Sechs schreiben. Eine Sechs nur wegen des Täuschens, also eine Leistungsnote für ein disziplinarisches Fehlverhalten, gebe ich nicht. Ist die Arbeit nämlich besser als Fünf oder Sechs, gibt es natürlich keine Zensur, weil das notwendige Kriterium der Vergleichbarkeit der Bedingungen nicht gegeben ist.

Ich will Ihnen nicht verheimlichen, dass ich, als ich noch Schüler war, ganz schlechte Erfahrungen bei einem Lehrer gemacht habe, bei dem es üblich war, dass man bei Klausuren täuschte. Aber das erzähle ich Ihnen bei anderer Gelegenheit. Heute schaffen wir das nicht mehr. Vielleicht nur so viel: Dadurch, dass fast alle Schüler täuschten, bekamen die guten Täuscher Einsen und Zweien, und die Schüler, die sich bemühten, selbsttätig zu arbeiten, bekamen die Fünfen.

So, meinetwegen wäre der Punkt drei erledigt, wenn nicht noch Ergänzungen kommen. – Das ist nicht der Fall. Also dann Punkt vier: Kurssprecher.

Wie viel Zeit haben wir noch? Knapp zehn Minuten! Okay! – Einen Kurssprecher brauchen wir, das ist vermutlich inzwischen jedem klar geworden, weil es ja schließlich ein erhebliches Konfliktpotenzial gibt angesichts der eben besprochenen Maßnahmen. Der Kurssprecher hat dann bei einem Konflikt sozusagen als Anwalt aufzutreten, und er braucht nicht zu befürchten, dass er einen Nachteil dadurch hat, sofern er das in einer angemessenen Form tut. Das ist sein Job!"

Oliver meldet sich und fragt:

„Was heißt, 'sofern er das in einer angemessenen Form tut'?"

„Gut, dass Sie danach fragen, Oliver! – Eine unangemessene Form wäre, wenn ein Anwalt die gegnerische Partei zum Beispiel mit 'Arschloch' bezeichnen würde. Reicht Ihnen das erst einmal, obwohl das Beispiel eher pathologisch ist? Oder möchten Sie noch andere Beispiele hören?"

„Okay! Ich kann mir das jetzt ungefähr vorstellen. Danke!"

Die Wahl des Kurssprechers geht ohne Zwischenfälle über die Bühne. Die neue Kurssprecherin heißt Silke Meyer.

Die erste Mathematikstunde ist wie eine Bombe eingeschlagen. In der kommenden Pause, aber auch den Rest der Woche, wird der Inhalt dieser Stunde unter den Schülern diskutiert, und zwar durchaus kontrovers. Es gibt eine Gruppe, die die Ansicht vertritt, es stehe einem Lehrer nicht zu, Schüler der Oberstufe derart zu gängeln. Schließlich sei man ja fast oder tatsächlich volljährig und brauche sich das nicht gefallen zu lassen. Dann gibt es eine andere Gruppe, die dieser Gruppe heftig widerspricht:

„Du brauchst Dir das ja auch nicht gefallen zu lassen! Kein Mensch kann Dich zwingen, hier zur Schule zu gehen oder diesen Kurs zu belegen. Immerhin scheint es hier ja transparent und gerecht zuzugehen! Sieh Dir doch im letzten Jahr die Zensierung bei Frau Lippert in Deutsch an. Das war doch eine Katastrophe! Willst Du das lieber?"

„Da brauchte man wenigstens nicht immer diese Scheiß-Hausaufgaben zu machen, bei der blöden Kuh!"

„Ja und? Hast Du bei der was gelernt? Und war der Unterricht auch nur ein bisschen interessant? – Nein!"

„Ja, weißt Du denn, ob der Unterricht bei Walther interessant ist und ob Du da etwas lernst? Große Töne spucken kann jeder!"

Silke, die Kurssprecherin, übernimmt das Wort und sagt:

„So kommen wir doch nicht weiter! Ich schlage vor, wir lassen erst einmal drei oder vier Wochen ins Land gehen. Dann treffen wir uns noch einmal, dann aber möglichst alle, und dann diskutieren wir das Thema 'Frank Walther'. Und danach reden wir mit ihm selbst, wenn es dann etwas zu reden gibt. Mir hat jedenfalls zu denken gegeben, dass kein Mensch über Maßnahmen abstimmen kann, wenn er nicht gleichzeitig für die Sache voll verantwortlich ist. Darüber hatte ich noch nie nachgedacht."

Zwar diskutieren die Kursteilnehmer noch eine Weile. Aber dann wird Silkes Vorschlag angenommen.

$$***$$

Die erste Stunde im Leistungskurs Mathematik bei Frank Walther ist allen Kursteilnehmern deutlich für längere Zeit im Gedächtnis geblieben. Ihm ist klar, dass eine Eröffnung, so wie er sie gemacht hat, sehr ungewöhnlich ist. Die Schüler sind eine solche Offenheit nicht gewöhnt. Aber er fragt sich: Warum nicht? Warum legen nicht alle Kollegen ihr Konzept offen auf den Tisch? Warum sehr häufig keine oder nur ein Minimum an Transparenz? Gibt es da etwas zu verbergen? Bedeutet ein Mangel an Transparenz ein Zeichen von Macht?

Natürlich ist es das Bestreben von Frank Walther, dass sich keine gedrückte Stimmung breit macht. Deshalb gibt er sich die größte Mühe, stets fröhlich und sehr gut vorbereitet in den Unterricht zu gehen, um – wie er es nennt – Pluspunkte zu sammeln und den Schülern an Beispielen klar zu machen, worauf es im Unterricht und in der Mathematik selbst ankommt. – Aber zurück zur zweiten Stunde der ersten Doppelstunde! Diese läuft etwa folgendermaßen:

Die Schüler haben bereits begriffen, dass ihr Mathelehrer, nachdem er den Klassenraum betreten hat, kein Wort sagt, bevor es nicht mucksmäuschenstill ist. Das bedeutet, wenige Sekunden, nachdem er den Klassenraum betreten hat, *ist* es bereits still, und er sagt:

„Ich habe mir für diese Stunde vorgenommen, mit Ihnen über folgendes zu diskutieren: Welches ist der Unterschied zwischen einem mathematischen Problem und einer mathematischen Aufgabe? Der Grund für dieses Stundenthema ist: Es steht im Lehrplan für Mathematik, Sie sollen 'problemlösendes Denken' lernen. Dazu müssen Sie aber wissen, was ein Problem wirklich ist, nicht wahr? – Also, das Thema der Stunde heißt: Was ist ein mathematisches Problem? Was ist dem gegenüber eine mathematische Aufgabe? Oder sind das zwei verschiedene Wörter für dasselbe Phänomen?" Frank Walther schreibt die ersten beiden Fragen an die Tafel.

Die Kursteilnehmer schauen einander an, als verstünden sie die Fragen nicht. Dann schauen sie den Lehrer fragend an, allerdings sagt niemand etwas. Nach einer relativ langen Zeit des Schweigens sagt der Lehrer:

„Ich sehe bei Ihnen Ratlosigkeit in Ihren Mienen. Ist diese meine Interpretation richtig?"

Allgemeine körpersprachliche Zustimmung! Gemurmel!

„Ich interpretiere das Gemurmel und Ihr Kopfnicken als Zustimmung. Also: Ratlosigkeit! – Wenn man einen Rat braucht, geht man zum Rathaus. Ich bin das Rathaus! – Was ich damit sagen will: Wenn Sie einen Rat brauchen, holen Sie ihn sich, indem Sie Fragen stellen! An die Sache oder an mich!"

Es melden sich zwei Schüler sehr zaghaft. Der Lehrer sagt:

„Zwei Meldungen! Ich warte noch ein bisschen, damit sich noch jemand meldet!"

Dann, nachdem sich noch zwei Kursteilnehmer melden, zeigt er mit der Hand nacheinander auf jeden der vier und sagt:

„Sie als erster, dann Sie, dann Sie und dann Sie!"

Der zuerst Aufgerufene sagt:

„Wir haben bisher in Mathe nie diskutiert, sondern immer gerechnet, mal der Lehrer an der Tafel, mal ein Schüler an der Tafel, mal in Stillarbeit."

Es ist ruhig, auch der Lehrer sagt nichts. Er sieht die bereits aufgerufenen Kursteilnehmer lediglich auffordernd an.

„Ja, äh, dann bin *ich* wohl dran! – Das meine ich auch, was Thorsten gesagt hat. Wenn wir jetzt hier rumlabern, dann lernen wir ja nichts. Wir sollten lieber anständig Mathe machen!"

„Max sagt, so lernen wir nichts," sagt Silke.

Frank Walther unterbricht sie und sagt:

„Sagen Sie das nicht mir, sondern Max!"

Silke beginnt noch einmal:

„Wieso lernen wir nichts, Max? Wir sollen doch problemlösendes Denken lernen. Und wenn ich gar nicht weiß, was ein Problem ist, kann ich das doch nicht lernen, oder, Max?"

„Ja, das sehe ich auch so, Silke," sagt Oliver. „Dann lass uns doch einfach anfangen. Im letzten Jahr haben wir zum Beispiel Differentialrechnung gemacht. Da gab es eine Aufgabe, zum Beispiel eine Kurve zu diskutieren. Und dann haben wir gerechnet. War das nun Problemlösen oder Aufgabenlösen?"

Es meldet sich im Augenblick niemand. Deshalb sagt der Lehrer:

„Darf ich auch mal etwas sagen? – Zunächst einmal gefällt mir, wenn Sie sich gegenseitig ansprechen, zustimmen oder widersprechen, also aufeinander eingehen. Das ist ja dann schon eine richtige Diskussion. Aber nun zur Sache: Sie haben Differentialrechnung gemacht. Geben Sie doch einmal ein Beispiel einer Aufgabe oder eines Problems!"

„Ich erinnere mich zum Beispiel an folgende Aufgabe:" sagt Oliver. „Diskutiere die Funktion f(x) = $3x^3 - 5x$. Da haben wir dann die Nullstellen und die Extremwerte und Wendepunkte bestimmt, und dann haben wir die Kurve gezeichnet."

„Das war ja einfach!" sagt Frauke. „Das habe ja sogar ich gekonnt."

„Ja, aber erst nachdem ich Dir eine Nachhilfestunde gegeben habe!" sagt Oliver und lacht.

Der Lehrer greift den Faden auf und sagt:

„Es scheint die einhellige Meinung zu sein, das sei einfach gewesen. – Ich mache Ihnen den folgenden Vorschlag: Ich habe in der übernächsten Stunde in einer siebten Klasse Mathematikunterricht. Wer von Ihnen geht mit und stellt den Schülern diese einfache Aufgabe?"

Zunächst ist es ruhig. Dann melden sich nacheinander einige Kursteilnehmer. Frank Walther ruft wieder mehrere Schüler hintereinander auf. Dann stellt er sich hinten in den Klassenraum.

„Das können die natürlich nicht, obwohl sie natürlich den besten Mathelehrer dieser Anstalt haben!"

Lachen!

„Du Schleimer, Du! – Diese Aufgabe können die Schüler tatsächlich nicht lösen."

„Das ist ja auch klar: Das haben die ja nicht durchgenommen!"

„Ja und? – Dann können die das doch eben lernen!"

„Ich habe da eine Idee. Ich weiß aber noch nicht, ob die gut ist oder nicht. Könnte es sein, dass es auf die Aufgabe selbst ankommt, ob es sich um ein Problem oder nur um eine Aufgabe handelt?"

„Nee! Nicht auf die Aufgabe, sondern auf den, der sie lösen soll."

Der Lehrer greift sich in die Haare und sagt:

„Jetzt bin ich völlig verwirrt durch die letzte Runde der Schüleraussagen. Kann mir mal einer sagen, wo es lang geht?"

Es herrscht wieder Ratlosigkeit. Nach einer ziemlich langen Zeit sagt Oliver:

„Ich weiß nicht, ob Ich Ihnen sagen kann, wo es lang geht. Aber ich kann es ja mal versuchen. – Es geht ja darum, ob das Beispiel f(x) = 3x³ - 5x eine Aufgabe oder ein Problem ist. Wenn ich mir die Kinder in der siebten Klasse vorstelle, und dazu brauche ich gar nicht mit in die Klasse zu kommen, dann können die das auch nicht eben mal so in fünf Minuten lernen. f(x) = 3x³ - 5x ist für die Kinder in Klasse sieben dann ein Problem."

„Und zwar ein u n l ö s b a r e s!" sagt Silke.

„Genau!" sagt Oliver. „f(x) = 3x³ - 5x ist für die Siebtklässler ein unlösbares Problem."

Der Lehrer zeigt deutliche Symptome der Anerkennung und sagt:

„Ich bin begeistert! Das war ja fast schon druckreif! – Bernd hat vorhin eine Aussage gemacht, darin war ein einziges Wort enthalten, das die ganze Problematik mit einem Schlage auf den Punkt bringt. Ich wiederhole einmal, was er gesagt hat: ´Könnte es sein, dass es auf die Aufgabe selbst ankommt, ob es sich um ein Problem oder nur um eine Aufgabe handelt?´ Ich will zunächst nur einmal das eine Wort hören."

Bernd selbst meldet sich. Frank Walther jedoch sagt:

„Bernd, ich rufe Sie nur dann auf, wenn sich kein anderer meldet. Ich möchte den anderen erst einmal eine Chance geben, okay?"

„Okay!"

Dann meldet sich Petra und sagt:

„Das Wörtchen ´nur´!"

Frank Walther macht ein Pokerface und sagt nichts. Nach langer Zeit meldet sich Bernd wieder. Frank Walther schaut ihn an und schüttelt deutlich den Kopf. Allmählich gehen vier Finger nach oben. Frank ruft die vier Schüler wieder nacheinander auf.

„'Nur eine Aufgabe' hat Bernd gesagt, also kein Problem!"

„Ja, das ist richtig. Eine Aufgabe ist weniger als ein Problem."

„Ja, das stimmt: Ein Problem ist schwieriger!"

„Schwieriger als eine Aufgabe. 'Nur' eine Aufgabe im Gegensatz zu einem Problem."

Frank Walther geht nach vorn und sagt:

„Ich bin sehr zufrieden, wie Sie das Problem, den Unterschied zwischen 'Problem' und 'Aufgabe' herauszuarbeiten, gelöst haben. Ich werde mir im Blick auf die fortgeschrittene Zeit und darauf, dass Sie so etwas Schwieriges das erste Mal machen, weil sie sonst immer 'anständig' gerechnet haben, erlauben, eine druckreife Formulierung *selbst* zu geben, die Sie dann bitte notieren wollen. Danke!"

Er schreibt an die Tafel:

Eine Aufgabe ist gewöhnlich nach einem für die Schüler einfachen und bekannten Verfahren zu lösen, während ein Problem durch die Anwendung mehrerer verschiedener Verfahren nacheinander oder durch ein bisher nicht bekanntes, mindestens nicht geübtes Verfahren einer Lösung zuzuführen ist.

Die Potenz '3 hoch 7' stellt beispielsweise für einen Schüler der fünften Klasse ein unlösbares, für einen Schüler der siebten Klasse vielleicht ein lösbares Problem dar, für einen Schüler der zehnten Klasse eine Aufgabe, und zwar eine lächerlich einfache.

Als die Kursmitglieder sich geeignete Notizen gemacht haben, ist die zweite Stunde der Doppelstunde vorbei und die Pause beginnt.

Es bilden sich Diskussionsgruppen. Alle Schüler des Kurses reden über die letzte Stunde. Dabei fällt auf, dass die kritischen Stimmen leiser geworden sind und die anerkennenden Stimmen im Vordergrund stehen. Der Kurs ist quasi auf dem Weg, die nicht ganz alltäglichen Unterrichtsmethoden des Herrn Walther nicht in Bausch und Bogen abzulehnen, sondern es kommen differenziertere Gedanken zutage. Man ist allgemein gespannt auf die nächste Doppelstunde.

Zu Beginn der nächsten Doppelstunde zwei Tage später erfolgt wieder das gleiche Ritual: Innerhalb weniger Sekunden wird es still. Frank Walther begrüßt die Kursmitglieder. Dann bittet er sie um eine kurze Rückmeldung bezüglich des Verlaufs der letzten Stunde.

Da niemand sich meldet, wartet er eine Weile. Dann sagt er:

„Bitte nicht alle auf einmal! Nacheinander, wie es auch in der letzten Stunde sehr gut geklappt hat!"

Ein kurzer Lacher! Dann – eher zaghaft – melden sich nacheinander vier Schüler. Frank Walther ruft sie in nun schon alter Manier nacheinander auf.

„Das Thema war ja etwas gewöhnungsbedürftig. Das war ja wohl mehr ein Thema für den Deutschunterricht. Und dann dieses Nacheinander-aufgerufen-werden! Ich bin es so gewohnt, dass ich eine Antwort auf eine Frage gebe und dann vom Lehrer eine Rückmeldung bekomme: 'richtig!' oder 'falsch!'. Aber so weiß ich gar nicht, woran ich bin!"

„Ja, gewöhnungsbedürftig! Oder vielleicht besser ungewöhnlich. So, wie Du das sagst mit 'richtig' und 'falsch', machen es alle Lehrer. Aber Schule soll ja auf das Leben als mündiger Bürger vorbereiten, und da gibt es doch auch keinen, der immer sagt, was richtig und was falsch ist. Hier sind wir selbst gefordert, etwas für richtig oder falsch zu halten, und zwar mit Argumenten, und quasi im Team zu arbeiten."

„Noch mal dazu, dass das Thema eher für einen Deutschkurs geeignet wäre. Hast Du denn schon mal erlebt, dass wir so etwas im Deutschunterricht gemacht haben? Ich noch nicht! Wenn ich mich aber hier in Mathe mit Problemen beschäftigen soll, muss ich doch erst einmal wissen, was das ist, ein Problem. – Also mir hat das gefallen, und ich weiß jetzt, was ein Problem ist!"

„Ich fand das auch total spannend und überhaupt nicht langweilig, wie sonst immer. Das ging überhaupt nicht nach Schema F! Auch dass immer mehrere Schüler nacheinander aufgerufen werden, finde ich gut. Da muss man immer aufpassen, was die vorher sagen, zum Beispiel, wenn wir ein einziges Schlüsselwort suchen, was einer der Vorredner gebraucht hat. Das finde ich spannend. Und wenn ich es dann weiß, ist es gut. Wenn ich es aber nicht weiß, weiß ich, dass ich noch besser aufpassen muss, was vorher gesagt worden ist."

Frank Walther lässt seinen Blick schweifen und sagt:

„Ich weiß, dass mein Unterricht häufig ein bisschen anders ist. Das ist absichtlich so! Und wie abwechslungsreich er sein wird, richtet sich nach den 'Forschungs'-Beiträgen der Teilnehmer. Ich wünsche mir, dass der Unterricht *immer* spannend ist. Ich möchte eine Information zum Thema 'falsch' und 'richtig' geben: Es gibt 'Wahrheits-' und 'Beurteilungsentscheidungen'. Wahrheitsentscheidungen sind solche, bei denen es nur eine richtige Entscheidung gibt, wie zum Beispiel 2 x 2 = 4. Eine Beurteilungsentscheidung ist immer eine von mehreren möglichen Entscheidungen, je nachdem, durch welche Argumentation die Entscheidung gestützt wird. Zum Beispiel sind fast alle politischen Entscheidungen Beurteilungsentscheidungen. – Nun noch ein Wort zum Thema 'Forschung'! Natürlich weiß ich, dass das, was wir hier in Mathematik machen, längst vor Jahrzehnten oder schon vor Jahrhunderten erforscht worden ist. Aber für Sie ist es neu. Nun haben wir hier natürlich nicht die Zeit und nicht die Gelegenheit, die gesamte Mathematik neu zu erfinden und zu erforschen. Aber ein bisschen forschen wollen wir schon, damit wir das 'Forschen', also das 'Problemlösen', lernen.

Und dazu dachte ich mir folgendes: Ich werde die gesamte für dieses Schuljahr vorgeschriebene Mathematik in zwei Kategorien einteilen: Die Mathematik, die sich für Sie zum 'Forschen' eignet, und die Mathematik, die sich für Sie nicht so gut zum Forschen eignet. 'Forschen' macht Spaß, und dazu müssen wir uns viel Zeit nehmen, die zweite Kategorie von Mathematik wird kurz durchgenommen und gelernt, damit wir wieder neuen Stoff zum 'Forschen' haben. – Ich nenne diese Methode 'Peristaltik'. Das ist wie die Fortbewegung eines Wurms oder einer Raupe. Es gibt also Phasen, in denen viele Informationen in kürzester Zeit gegeben werden. Dann gibt es Phasen, in denen man viel Zeit hat, sich im Team Informationen zu erarbeiten. In welcher Phase wir uns jeweils gerade befinden, werden Sie merken. Aber ich werde es Ihnen auch sagen. – So, das war die Ankündigung dessen, was wir machen und vor allen Dingen, wie wir es machen wollen. – Transparenz!

Sie werden mir sicher glauben, wenn ich Ihnen sage, 'Forschen' ist schwieriger als einfach 'Informationen lernen'. Deshalb legen wir zunächst unser Augenmerk auf das 'Forschen'. – Dafür, dass Sie keine Erfahrung mit dem 'Forschen' haben, haben Sie sich in der letzten Stunde wacker geschlagen! Ich will diese Stunde noch einmal kurz zusammen fassen, damit für Sie deutlich wird, worauf es ankommt:

Sie haben nicht *über* Aussagen des jeweils anderen geredet, sondern *mit*einander. Sie sind aufeinander eingegangen, haben widersprochen, bestätigt, korrigiert und argumentiert. Sie haben natürlich nur *im Kleinen* geforscht und nicht die Mathematik neu erfunden. Aber Sie haben nicht einfach nur reproduziert. Dadurch ist es Ihnen gelungen ein Problem, welches Sie anfangs ratlos gemacht hat, immer mehr zu präzisieren und es schließlich gar zu lösen. Eine reife Leistung! Aller Achtung! –

Ich habe für Sie ein neues Problem mitgebracht, um dessen Lösung ich Sie bitte; ein Problem, welches zunächst den Eindruck erweckt, es handele sich nicht um ein mathematisches Problem. Es geht um eine aus Zündhölzern gelegte Figur. Und ich möchte Sie beim 'Forschen' um die Einhaltung folgender Spielregeln bitten: Sie können allein, zu zweit oder zu dritt an der Lösung arbeiten. Wenn Sie eine Lösung haben, zeigen beziehungsweise sagen Sie diese nicht anderen Arbeitsgruppen, sondern nur mir. Ich möchte dann mit Ihnen in ein kurzes Gespräch eintreten oder Sie bitten, Ihre Lösung bis zum Endgespräch verdeckt zu halten. Alles klar? – Also: Stellen Sie sich vor, Sie haben aus lauter Zündhölzern gelegt die folgende Figur:

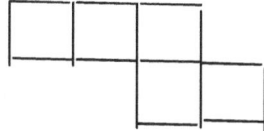

Es handelt sich dabei um fünf gleich große Quadrate, die miteinander zusammenhängen. Diese Figur sollen Sie nun so verändern, dass vier gleich große Quadrate daraus entstehen. Dabei dürfen Sie aber nur zwei Hölzer bewegen. – Viel Spaß!"

Innerhalb weniger Sekunden bilden sich zwanglos Arbeitsgruppen. Es entsteht ein produktives Gemurmel. Dann meldet sich eine Gruppe. Ihre Lösung ist die folgende Figur:

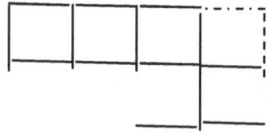

Frank Walther schaut sich die Figur an. Dann sagt er:

„Sie haben tatsächlich aus fünf Quadraten vier gleich große Quadrate gemacht. Dabei haben sie tatsächlich nur zwei Hölzer bewegt. Aber meine Frage ist: Sind Sie mit Ihrer Lösung voll zufrieden? Wenn ja, verdecken Sie sie bis nachher zum Schlussgespräch. Wenn nein, forschen Sie weiter!"

Während sich Frank Walther wieder nach vorn zum Lehrertisch bewegt, meldet sich eine zweite Arbeitsgruppe und zeigt ihm die folgende Figur:

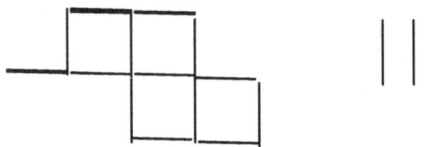

Wieder sagt der Lehrer:
„Sie haben tatsächlich aus fünf Quadraten vier gleich große Quadrate gemacht. Dabei haben sie tatsächlich nur zwei Hölzer bewegt. Aber meine Frage ist: Sind Sie mit Ihrer Lösung voll zufrieden? Wenn ja, verdecken Sie sie bis nachher zum Schlussgespräch. Wenn nein, forschen Sie weiter!"

Dann passiert eine ganze Weile nichts, bis sich wieder eine Arbeitsgruppe meldet. Sie präsentiert die folgende Figur:

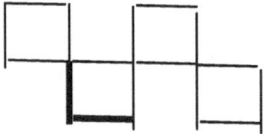

Wieder sagt der Lehrer dasselbe. Die Schüler dieser Arbeitsgruppe reden noch einen Augenblick miteinander. Dann drehen sie ihr Blatt um und lehnen sich zurück.

Nach einer Weile bittet Frank Walther alle Schüler, nicht weiter an dem Problem zu arbeiten und ihm bei einem Impuls, den er geben will, genau zuzuhören. Er sagt:

„Ich bitte Sie, die Anzahl der in der Ursprungsfigur liegenden Hölzer festzustellen. – Es sind offensichtlich 16 Hölzer. – Wie kann es sein, dass man aus 16 Hölzern fünf Quadrate legen kann, wo doch für ein Quadrat vier Hölzer benötigt werden? Bitte beantworten Sie sich diese Frage mit Ihrer inneren Stimme selbst!"

Innerhalb der nächsten zwei Minuten melden sich drei Arbeitsgruppen und präsentieren die optimale Lösung. Dann redet Frank Walther weiter:

„Wenn ich aus 16 Hölzern vier zusammenhängende Quadrate legen soll, dann dürfen diese keine Seite gemeinsam haben, sondern ...“

Nach wenigen Augenblicken haben alle Arbeitsgruppen die richtige Lösung, nämlich diese:

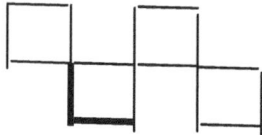

Jeder redet anscheinend mit jedem! Allgemeines Erstaunen. Man hört anerkennende Worte. Frank Walther verschafft sich Gehör und sagt:

„Ich habe verschiedene Lösungen gesehen.“ Er zeichnet die anfänglich gegebenen Lösungen an die Tafel. „Ich habe dann immer gesagt: 'Sie haben tatsächlich aus fünf Quadraten vier gleich große Quadrate gemacht. Dabei haben sie tatsächlich nur zwei Hölzer bewegt. Aber meine Frage ist: Sind Sie mit Ihrer Lösung voll zufrieden? Wenn ja, verdecken Sie sie bis nachher zum Schlussgespräch. Wenn nein, forschen Sie weiter!' Jetzt kommt meine Schlussfrage: Besteht Konsens, dass die zum Schluss erarbeitete Lösung die eleganteste und tatsächlich voll zufriedenstellende ist?“

Ein einhelliges „Ja!“

„Lassen Sie uns noch einmal reflektieren: Zu Anfang hatten wir ein Problem, welches zunächst unlösbar erschien. Es gab einzelne Lösungsansätze, die aber außer in einem einzigen Fall – dabei zeigt der Lehrer auf die Arbeitsgruppe, die die beste Lösung angeboten hatte – nicht zufriedenstellend waren. Dann bekam das Problem durch meinen Impuls eine Struktur. Es tat sich ein Gedanke auf, der eine Lösung versprach. Und schon war es kein Problem mehr, sondern die Lösung war relativ einfach zu finden. –

Jetzt habe ich für die letzten fünf Minuten der Stunde für Sie noch eine Zündholzfigur, die meines Erachtens kein unlösbares Problem mehr darstellt, aber vielleicht doch noch ein Problem.“

Er fertigt die folgende Zeichnung an der Tafel an:

Noch bevor die Stunde zu Ende ist, haben *alle* Schüler die Lösung, nämlich:

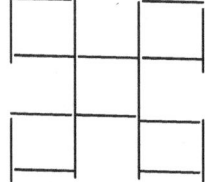

„Hausaufgabe:“ sagt Frank Walther. „Eine ähnliche Aufgabe selbst erfinden und diese mit Lösung skizzieren! – Im Übrigen wünsche ich Ihnen das Doppelte von dem, was Sie mir wünschen.“

„So viel? Das kann ich ja kaum annehmen!“ sagt Silke und lacht.

Die zweite Stunde der Doppelstunde beginnt. „Haben Sie für uns wieder ein Problem mitgebracht?" fragt Bernd.

Hätten Sie denn gern eins?" fragt der Lehrer zurück und erntet ein vielstimmiges „Jaaaa!"

„Ich dachte, wir müssten mal wieder 'anständig rechnen' und nicht nur immer labern," sagt Frank Walther provokativ und stößt dabei auf den Unmut der Schüler:

„Es ist richtig, dass viele von uns das zu Anfang gedacht haben. Aber das war ja nur so, weil wir nichts Anderes gekannt haben. Inzwischen haben wir doch längst begriffen, dass Denken viel mehr Spaß macht als stupides Rechnen," sagt Oliver.

„Naja!" sagt der Lehrer. „Sparen Sie sich diese Argumente auf. In drei bis vier Wochen möchte ich, dass wir ein Resümee ziehen, und zwar eine Mathematikstunde lang ohne mich, und dann ein Stunde lang mit mir."

„Da kommen Sie unseren Wünschen entgegen, Herr Walther. Das haben wir, als wir nach der ersten Stunde über Ihren Unterricht entsetzt waren, für uns auch beschlossen. Aber inzwischen hat sich, wie es scheint, das Entsetzen langsam wieder gelegt," sagt Silke.

„Das ist ja dann Ihre Feuertaufe als Anwältin," sagt Frank Walther. „Da bin ich ja jetzt schon gespannt."

„Ich auch!" sagt Silke und lacht.

„Okay! Nun aber zu dem Problem!" sagt der Lehrer und schreibt an die Tafel:

WAS IST ZÄHLEN ?

Dann stellt er sich an das Fenster und macht ein Gesicht, welches seiner Meinung nach noch dümmer ist als das, was er sonst immer macht. Zwischenzeitlich blickt er auf das Geschriebene, als sähe er diesen Satz gerade jetzt zum allerersten Mal. Die Schüler sind offensichtlich verblüfft. Nachdem sie die Frage an der Tafel hinreichend lange angestarrt haben, starren Sie den Lehrer an. Er merkt es aus dem Augenwinkel. Ostentativ dreht er seinen Kopf zu den Schülern und nimmt merklich zur Kenntnis, dass alle ihn fragend anstarren. Er macht eine Miene der völligen Verständnislosigkeit, dreht sich um, als könne es sein, dass sie jemanden meinen, der hinter ihm stünde, und geht dann scheinbar irritiert aus ihrem Blickfeld nach hinten. Ein kurzes Gelächter wegen seiner Pantomime! Dann ein produktives Gemurmel. Ein Schüler meldet sich zaghaft. Der Lehrer geht wieder nach vorn, damit ihn alle sehen und hören können, und sagt leise:

„Ich habe zur Kenntnis genommen, dass Sie sich melden. Ich möchte noch einen Augenblick auf die anderen warten."

Es melden sich zwei, dann drei, dann vier, fünf, sechs Schüler. Er ruft den, der sich zuerst gemeldet hat, auf. Seine Antwort ist:

„1, 2, 3, 4, 5, 6."

Der Lehrer verzieht keine Miene und sagt nichts. Zwei der sich meldenden Schüler nehmen ihre Finger wieder herunter, dafür kommen drei neue hinzu. Einen von denen ruft er auf. Dieser sagt:

„1, 2, 3, 4, 5, 6, und so weiter."

Der Lehrer runzelt die Stirn, sagt aber nichts. Dann fragt er einen Schüler, der sich vorher gemeldet hatte:

„Sie haben Ihre Meldung zurückgezogen. Warum?"

Dieser sagt im Brustton der Überzeugung:

Weil das richtig war!"

„Was?" fragt Frank Walther zurück, „das Erste oder das Zweite?"

„Das Erste!" antwortet der Schüler.

„Aha!" sagt der Lehrer, als hätte er es jetzt verstanden. Dann sieht er den Schüler mit der zweiten Antwort scheinbar böse an und sagt ein wenig harsch:

„Dann war Ihre Antwort also falsch!"

Eine lange Pause! Alle Finger gehen hinunter. Ratlosigkeit! Dann meldet sich der Schüler, der die zweite Antwort gegeben hat:

„Ich finde, meine Antwort war nicht falsch!"

„Falsch – nicht falsch – falsch – nicht falsch? – Gibt es vielleicht ein paar Argumente für das Eine oder das Andere?" sagt Frank Walther ein wenig ungehalten.

Und jetzt hat er offenbar den Sportsgeist getroffen. Viele Meldungen! Er ruft sie nacheinander auf.

„Ich finde Christians Antwort (zweite Antwort) besser als Thorstens. Ich könnte ja weiter als 6 zählen."

„Ach Mensch! Das war doch nur ein Beispiel!"

„Aber bei Christian kann ich mir mein eigenes Beispiel vorstellen. Der hat eine Antwort gegeben, die für *alle* Beispiele gilt."

Der Lehrer macht ein nachdenkliches und zugleich unwissendes Gesicht und wirft ein: „Dann ist also nicht die zweite Antwort falsch, wie ich eben dachte, sondern die erste? – Vielleicht aber auch beide? – So ähnlich wie: Dreimal drei ist 8 ist richtig, und dreimal drei ist neun ist auch richtig? – Das verstehe ich nicht!"

Oliver, der sich schon geäußert hat, will es dem Lehrer erklären. Dieser lässt ihn aber nicht, sondern nimmt einen dran, der sich nicht meldet, und fragt ihn:

„Verstehen *Sie* das?" Der ist völlig verdattert und verneint. Walther schaut ihn an und sagt:

„Malte und ich verstehen das nicht. Und ich finde, es ist Ihre verdammte Pflicht, es Malte und mir zu erklären!"

Ein kurzes Lachen! Dann eine Schülerin:

„Christians Antwort war ja die erste auf diese Frage. Und als erste Antwort war sie gar nicht schlecht. Thorsten hatte ja etwas länger Zeit zum Nachdenken, und deshalb war seine Antwort etwas besser. – Optimierung!"

Sie unterstreicht besonders das letzte Wort mit ihrer Gestik, was den Kurs zu einem kurzen Lacher animiert. Walthers Miene hellt sich sichtlich auf, so als freue er sich kindlich, endlich etwas verstanden zu haben. Er schaut Malte provozierend an. Mehrere Schüler schauen Malte daraufhin an. Dieser nickt. Walther gibt zu erkennen, dass er sich freut, dass Malte es auch verstanden hat. Dann sagt er:

„Gut! Das habe ich jetzt verstanden. Die zweite Antwort war besser als die erste, weil Thorsten etwas länger Zeit zum Nachdenken hatte. Optimierung!" sagt er und sieht Frauke dabei lächelnd an. „Nun ist ja noch mehr Zeit verstrichen, und jetzt hege ich die stille Hoffnung, dass es womöglich noch eine bessere Antwort gibt? Oder vielleicht sogar zwei oder drei?"

Die nächsten Antworten sind nicht schlecht, bringen aber nichts Neues. Deshalb unterbricht der Lehrer das Nachdenken der Schüler durch einen Impuls:

„Ich habe eine Idee: Wir lassen die Mathematik mal einen Moment in Ruhe und denken mal kurz über den Deutschunterricht oder den Englischunterricht nach!"

„Oder über den Französischunterricht!" ergänzt ein Schüler.

Der ganze Kurs lacht, und der Name des betreffenden Kollegen wird mehrfach mit einem leicht höhnischen Unterton genannt. Walther greift ein:

„Nein! Bitte nicht Französisch! Mein Französisch ist nämlich genau so fließend wie mein Chinesisch. Und ich möchte nicht, dass Sie auch mich auslachen. Also Deutsch oder Englisch! – Mir fällt da der Begriff ῾transitives Verb῾ ein."

Frank Walther macht ein Gesicht, als würde er mit aller Anstrengung nachdenken. Lange Pause! Ganz zaghaft kommen, einer nach dem anderen, drei Finger hoch. Er wartet noch einen Augenblick, dann ruft er alle drei Schüler auf:

„Zuerst Sie, dann Sie, dann Sie!"

„Ja, da hatten wir mal was in Englisch: transitive Verben. Ich glaube, die haben kein Passiv oder so."

„Kein Passiv? Nee! Ich glaube, das sind Verben, die nicht allein stehen können."

„Fürchten die sich allein?" fragt der Lehrer naiv.

„Nein! Aber das meine ich auch, da muss immer etwas hinterher kommen, ich glaube, ein Objekt oder so."

Ein weiterer Schüler:

„Ja, ich erinnere mich: das waren Verben, die immer ein Akkusativ-Objekt nach sich zogen. Ich könnte ja mal ein Beispiel bilden."

Walther unterbricht den Sprecher mit einer Geste und ruft einen anderen Schüler auf. Der weiß nicht, was er sagen soll. Walther zeigt auf den vorigen Schüler und sagt: „Beispiel!"

Dann schaut er ihn wieder fragend an. Der Schüler überlegt und sagt dann: „To hit, zum Beispiel! Hit the ball! – Ja! To hit ist ein transitives Verb, weil the ball Akkusativ-Objekt ist. – Klar?"

Walther: „Klar? – Nee! So richtig klar ist mir das erst, wenn ich auch ein Beispiel für ein intransitives Verb bekomme."

Ein Schüler: „To sleep."

Ein Schüler im Hintergrund:

„I sleep with my girlfriend."

Ein irres Gelächter. Der Lehrer wartet, bis es ruhig ist. Dann sagt er, als sei überhaupt nichts geschehen:

„Also to sleep ist offenbar kein Beispiel für ein intransitives Verb, denn „my girl friend" ist Akkusativ-Objekt!"

Protest!

„To sleep ist intransitiv. My girl friend ist kein Objekt."

„Das ist wohl ein Objekt, aber kein Akkusativ-Objekt."

Lehrer: „Ich bitte um eine lupenreine Zusammenfassung dieses ganzen Zusammenhangs!"

Er ruft Oliver auf, der schon öfter eine gute Antwort gegeben hat und der sich schon lange vergeblich gemeldet hat.

„To hit, also schlagen, ist im Englischen und im Deutschen ein transitives Verb. Wie es im Chinesischen ist, weiß ich im Augenblick nicht! – Man nennt es auch zielendes Verb, weil es immer auf ein Akkusativobjekt abzielt. Ohne das gibt es keinen richtigen Sinn. Zum Beispiel: Ich schlage, wen oder was? Den Direktor!"

Er wird durch ein Gejohle unterbrochen. Walther wartet und sagt, als es ruhig ist: „Ich verstehe Sie nicht. Er schlägt den Direktor im 1000-m-Lauf! Das ist doch klar, das haben Sie doch gemeint, nicht wahr?"

„In was sonst?" sagt Oliver und lacht. –

„Weiter! Sie waren noch nicht fertig."

„Ja! Schlafen ist ein intransitives Verb, ganz egal, *mit* wem ich schlafe, es kann nie ein Akkusativ-Objekt da hinkommen. 'Mit' – das muss doch dann im Dativ stehen, weil 'mit' eine Präposition des Dativs ist!"

Es ist ganz leise in der Klasse. Der Lehrer macht ein Gesicht größten Erstaunens und höchster Anerkennung und sagt mit viel Pathos:

„Spitzenklasse! – Jetzt habe selbst ich es verstanden: Schlafen tut man immer mit dem Dativ."

Während die Schüler wieder laut lachen, geht der Lehrer zur Tafel und unterstreicht das Wort ZÄHLEN. Dann stellt er sich wieder ans Fenster und macht sein nun schon nicht mehr neu wirkendes Pokerface. Wieder ruft er mehrere Schüler nacheinander auf.

„Zählen ist auch ein transitives Verb."

„Ja, das wollte ich auch sagen. Da kann man fragen: Wen oder was zähle ich?"

„Ja, zählen allein kann man nicht, man muss immer *etwas* zählen."

Frank Walther greift sich an den Kopf und sagt: „Jetzt bin ich total verwirrt!– Dann war das ja eben gar kein Zählen, was Christian und Thorsten gemacht haben!"

„Nee, eigentlich nicht, denn die haben ja nicht wirklich *etwas* gezählt."

„Jedenfalls kein Akkusativ-Objekt!"

Frank Walther: „Was haben die denn dann gemacht?"

„Die haben einfach bloß gezählt."

„Nein, das haben sie eben nicht getan. Zählen allein, ich meine ohne Akkusativ-Objekt, geht doch gar nicht!"

„Die haben nur ein paar Zahlen aufgesagt, weiter nichts."

„*Natürliche* Zahlen, die haben sie einfach aufgesagt. Mit denen kann man aber auch richtig etwas zählen."

Der Lehrer fasst zusammen:

„Okay! Christian und Thorsten haben eigentlich gar nichts gezählt, sondern nur geglaubt, sie zählten. In Wirklichkeit haben sie nur natürliche Zahlen aufgezählt. – Nachdem wir ja nun schon eine Menge über das Zählen wissen, aber lange noch nicht alles, schlage ich Ihnen ein Experiment vor: Einer von Ihnen kommt hier nach vorn, und wir beobachten ihn genau, wenn er zählt."

Mehrere Schüler melden sich zu dem Experiment. Jens wird ausgewählt. Der Lehrer gibt die folgende Anweisung: „Jens zählt jetzt die Elemente der Menge aller Mitglieder dieses Kurses. Und wir beobachten ihn ganz genau. Und hinterher reden wir darüber, was wir beobachtet haben."

Jens steht vorn und zeigt mit dem Finger nacheinander auf jeden Schüler und nennt dabei jeweils eine natürliche Zahl. Dann sagt er:

„Es sind 17 Schüler."

Er setzt sich wieder. Frank Walther stellt sich wieder ans Fenster und macht sein Pokerface.

„Er hat beim Zählen immer mit einem Finger auf einen Schüler gezeigt."

„Mein Opa sagt immer, man zeigt nicht mit dem nackten Finger auf angezogene Menschen."

Der Lehrer: „Das wollen wir ihm jetzt mal nicht übel nehmen. Wir hätten uns ja schlecht zu dem Zweck des Zählens alle ausziehen können!" – Gelächter.

„Jens hat gesagt, es sind 17 Schüler. Also hat er sie gezählt."

Lehrer: „Ich sage, es sind 27 Schüler. Also habe ich sie gezählt."

„Dann haben Sie die Schüler eben falsch gezählt."

Lehrer: „Falsch gezählt ist auch gezählt!"

„Vielleicht haben Sie sie auch nur geschätzt."

Lehrer: „Jens, kommen Sie noch einmal zu mir. Sie sind jetzt unser Spezialist für das Zählen. Zählen Sie doch die Elemente der Menge der Mitglieder dieses Kurses noch einmal laut!" Frank Walther hält ihm beide Arme fest, dass er nicht mehr auf einen Schüler zeigen kann. Statt des Zeigens nickt er jetzt mit dem Kopf. Beim siebten Nicken unterbricht ihn Walther und sagt:

„Noch einmal, Jens! Aber Christian hält bitte seinen Kopf fest."

Jens wanderte beim Zählen mit seinen Augen von einem Schüler zum anderen. Auch hier unterbricht Walther ihn beim achten oder neunten Schüler.

Die Schüler beschreiben immer genauer die Bewegungen von Jens beim Zählen. Es melden sich immer mehr Schüler, so dass der Lehrer mit dem Aufrufen kaum nachkommen kann. Zwischendurch hat ein Schüler den Begriff „zuordnen" benutzt. Walther tut allerdings so, als habe er es nicht bemerkt. Nachdem noch mindestens vier weitere Schüler etwas gesagt, aber den Begriff „zuordnen" nicht aufgegriffen haben, sagt Frank Walther:

„Eben gerade ist ein Begriff gefallen, der ein mathematischer Fachausdruck ist und der hier genau hinpasst."

Nach einer langen Pause meldet sich ein Schüler ganz vorsichtig. Der Lehrer wartet noch einen Augenblick, ob sich noch ein anderer meldet. Das ist nicht der Fall. Also ruft er den einen auf, nämlich Oliver: „Stefan hat eben gesagt, dass Jens mit dem Finger und nachher mit dem Kopf und dann mit den Augen zugeordnet hat. Das finde ich auch."

Pokerface beim Lehrer! Ein zweiter Schüler meldet sich ganz zaghaft und wird aufgerufen:

„Ja, ich meine auch, er hat zugeordnet, und zwar so: Du bist der erste Schüler, Du bist der Schüler mit der Nummer zwei und so weiter. Das hatten wir früher schon mal: Zuordnung, so was mit Pfeilen und so."

Fast die ganze Stunde über gibt es eine rege Diskussion, die vom Lehrer dadurch angeheizt wird, dass er selten etwas sagt, sondern im wesentlichen Pantomime spielt. Zum Schluss lässt er die Stundenergebnisse noch einmal zusammenfassen und unter die Überschrift der Stunde „WAS IST ZÄHLEN?" an die Tafel schreiben:

Zählen kann man nicht nur so, sondern man zählt immer die Elemente einer Menge (transitives Verb).

Jedem Element dieser Menge (Objektmenge) wird genau eine natürliche Zahl in der Reihenfolge 1, 2, 3, usw. zugeordnet.

Die letzte zugeordnete natürliche Zahl bestimmt die Anzahl der Elemente der Objektmenge. Aber man kann auch einfach nur die Elemente der Objektmenge zählen, ohne die Anzahl zu bestimmen.

Darunter schreibt der Lehrer:

Hausaufgabe: Überlege (schriftlich!), ob man auch die Elemente der Menge der geraden natürlichen Zahlen zählen kann!

Wie verhält es sich mit den Elementen der Menge aller durch 17 teilbaren natürlichen Zahlen?

Es sind noch etwa vier Minuten bis zum Ende der Stunde. Diese Zeit sollen die Schüler nutzen, das Tafelbild abzuschreiben. Dann klingelt es zur Pause.

Die nächste Stunde, zwei Tage später, ist eine Einzelstunde. Gleich nach der Begrüßung übernimmt Frank Walther das Wort:

„Ich bin von einem Elternteil angerufen worden, das sich darüber beschwert hat, dass wir in Mathematik nur 'lauter Kinkerlitzchen' machen würden. Dazu möchte ich Ihnen gern etwas sagen: Wir haben in den letzten beiden Doppelstunden das 'Forschen' geübt, und wir werden das auch in den nächsten Stunden noch üben, ob es Ihnen oder Ihren Eltern nun gefällt oder nicht. Natürlich werden wir auch das machen, was das Elternteil 'harte Mathematik' genannt hat, und zwar ziemlich bald. Denn es ist selbstverständlich, dass wir den Lehrplan erfüllen. Aber wir werden ihn auch – und das steht vermutlich im Gegensatz zu mancher anderen Lerngruppe dieser Schule – hinsichtlich dessen erfüllen, dass wir lernen, was problemlösendes Denken bedeutet. Und da problemlösendes Denken – oder kurz 'Forschen' – erheblich schwieriger zu lernen ist als die von dem Elternteil angesprochene 'harte Mathematik', werden wir darauf noch ein wenig Unterrichtszeit verwenden. Bitte, sagen Sie das Ihren Eltern mit einem Gruß von mir. Sagen Sie ihnen auch, ich würde mich freuen, wenn der eine oder andere Vater oder die eine oder andere Mutter einmal bei unserem Forschungsunterricht zuschauen würde. Allerdings nach vorheriger Terminabsprache. – So! Nun weiter im Text! Ich hätte gern ein Fazit aus dem Ergebnis unserer letzten Stunde im Zusammenhang mit der Hausaufgabe gezogen."

Es herrscht eine gedankenschwangere Stille. Es ist fast körperlich zu spüren, dass intensiv über diese Aufgabe nachgedacht wird. Erst ganz allmählich stellen sich einige Meldungen ein.

„Diese beiden Beispielmengen der Hausaufgabe haben ja beide unendlich viele Elemente. Und wir haben ja Zählen so definiert, dass nur die Tätigkeit des Zuordnens eine Rolle spielt. Und dabei ist es ja egal, ob ich endlich viele oder unendlich viele Elemente einander zuordne."

„Ja! Vor ein paar Tagen hätte ich noch mein Vermögen verwettet, dass man die Elemente von Mengen mit unendlich vielen Elementen nicht zählen kann. Aber nach unseren neuesten Forschungen ist das möglich."

„Ja, das wollte ich auch sagen. Die Elemente aller Mengen mit unendlich vielen Elementen kann man zählen. Und die Anzahl der Elemente ist dann eben unendlich!"

Frank Walther geht nachdenklich nach vorn und sagt:

„Ich erlaube mir mal, Sie in Ihrem Forschungseifer zu unterbrechen. Also es scheint Konsens zu sein, dass es Mengen mit unendlich vielen Elementen gibt, die gezählt werden können. Okay! – Das können wir mal als Ergebnis festhalten. Wir haben ja immerhin ein paar – genau genommen unendlich viele – Beispiele gefunden! Allerdings drängt sich mir die Frage auf: Ist das bei wirklich allen unendlichen Mengen so? Können wir von vergleichsweise wenigen unendlichen Mengen, bei denen das so ist, auf *alle* unendlichen Mengen schließen? – Und dann die zweite Frage: Ist bei einer unendlichen Menge die *Anzahl* der Elemente wirklich unendlich? Und da haben wir schon wieder eine Forschungsaufgabe, die sich gewaschen hat! – Also zunächst die erste Frage: Ist das bei wirklich allen unendlichen Mengen so, dass die Elemente zählbar sind?"

Betretene Gesichter! Eine lange Phase der Stille! Dann ein produktives Gemurmel. Drei zaghafte Meldungen:

„Sie reden von vergleichsweise wenigen unendlichen Mengen, die wir untersucht haben. Das sind doch nicht wenige! Das ist doch das gesamte Einmaleins rauf und runter! Also einmalzwei, einmaldrei, …, einmal 17, einmal 18, …bis unendlich!"

„Ja! Das meine ich auch. Mehr als unendlich viele unendliche Mengen kann es doch nicht geben! Oder?"

„Naja! Ich denke gerade daran: Wir haben mal in der sechsten Klasse darüber nachgedacht, wie viel Zehntel es zwischen 0 und 1 gibt. Das waren neun Zehntel. Die gibt es natürlich dann auch zwischen 1 und 2, zwischen 3 und 4, und so weiter. Nun gibt es ja unendlich viele Zwischenräume dieser Art. Also haben wir jetzt eine Menge konstruiert, die neunmal unendlich viele Elemente hat. Und das sind ja deutlich mehr als nur einmal unendlich viele. Und was mit Zehnteln geht, geht auch mit Hundertsteln. Dann haben wir neunundneunzig mal unendlich viele Elemente, und so weiter."

Frank Walther ergreift das Wort:

„Ihre Gesichter erzählen mir die folgende Geschichte: 'Gerade fing das Forschen an, Spaß zu machen. Und dann kommt da dieser Blödmann, und macht uns den ganzen Spaß kaputt!' – Ja, so ist das mit dem Forschen. Mit Rückschlägen muss man immer rechnen. Und dass es sie gibt, liegt nicht an dem Blödmann, also an mir, sondern an dem Forschungsgegenstand. Und darüber sind wir uns einig: Dies ist ein herber Rückschlag! – Und genau diese Stelle hat die Forscher vor etwas über 100 Jahren fast in den Wahnsinn getrieben, bis – und behalten Sie mal im Hinterkopf, dass wir über das Wörtchen 'bis' noch reden müssen – bis ein Mathematiker namens Cantor auf der Bildfläche erschien. Und da wir natürlich keine Chance haben, das Lebenswerk des Herrn Cantor in wenigen Stunden Forschungsarbeit neu zu erforschen, werde ich Ihnen einfach davon erzählen, und wir vollziehen es nach. Peristaltik! – Warum habe ich Ihnen nicht gleich davon erzählt? Da hatten Sie noch kein Problembewusstsein. Das haben Sie erst jetzt, nachdem Sie die gleichen scheinbaren Widersprüche bezüglich des Unendlichen aufgedeckt haben und die entsprechenden Fragen gestellt haben. Also: Um in unserem Forscherjargon zu bleiben: Jetzt wird nicht mehr geforscht, sondern mitgeteilt. Denken Sie also an die Peristaltik! – Also: Den Mathematikern war natürlich bekannt, dass es bei den rationalen Zahlen, also bei den Brüchen, unendlich viele Intervalle gibt, in deren jedem wieder unendlich viele rationale Zahlen enthalten waren. Es gibt unendlich viele rationale Zahlen zwischen 0 und 1, ebenso zwischen 1 und 2, und so weiter. Diese Intervalle lassen sich zählen, die Mathematiker nannten das Zählen der Elemente unendlicher Mengen 'abzählen'. In diesem Ausdruck steckt noch so ein bisschen die Tätigkeit des Zuordnens drin. Also: Das Intervall [0/1] bekommt die Nummer 1 zugeordnet, das Intervall [1/2] bekommt die Nummer 2 zugeordnet, und so weiter. Die Menge aller Intervalle zwischen den natürlichen Zahlen ist also abzählbar. Aber ist es die Menge aller rationalen Zahlen innerhalb eines solchen Intervalls auch? Wenn ich nachweisen möchte, dass auch diese Menge abzählbar ist, muss es mir gelingen, dass ich alle diese rationalen Zahlen in einer Reihenfolge aufschreibe, ohne dass ich dabei eine auslasse. Das geht natürlich auf keinen Fall nach dem Ordnungsprinzip der Größe der Zahlen, denn zwischen zwei Zahlen, die der Größe nach sehr dicht beieinander liegen, gibt es noch unendlich viele. Zum Beispiel: Zwischen 0 und 1/10 liegen die Zahlen 1/1.000.000, 2/1.000.000, und so weiter, bis 99.999/1.000.000. Da ich nun statt des Nenners 1.000.000 jeden noch so großen Nenner wählen kann, weise ich nach, dass je größer ich den Nenner wähle, ich umso mehr Zahlen angeben kann, die zwischen 0 und 1/10 passen. Da ich diesen Vorgang theoretisch unendlich oft wiederholen kann, gibt es zwischen 0 und 1/10 unendlich viele rationale Zahlen. Also: Eine Reihenfolge der rationalen Zahlen in dem Intervall zwischen 0 und 1 nach dem Kriterium der Größe zu finden, ist nicht möglich. Der Herr Cantor hat sich also auf die Suche nach einem anderen Kriterium gemacht und hat das folgende gefunden, welches in die Mathematikgeschichte als das erste Cantor'sche Diagonalverfahren eingegangen ist:

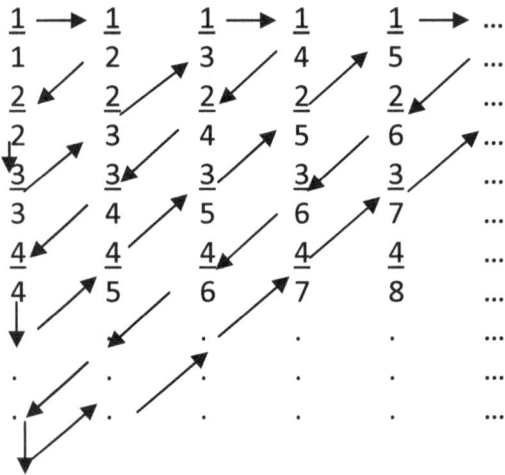

Durch dieses Verfahren hat er die rationalen Zahlen zwischen 0 und 1 in eine Reihenfolge gebracht, die sie als abzählbar ausweist. – Eine tolle Leistung, nicht wahr?

Und daraus lässt sich schließen, dass nicht nur die Menge aller rationalen Zahlen zwischen 0 und 1 abzählbar ist, sondern auch die Menge wirklich *aller* rationalen Zahlen.

Das erste Canto'rsche Diagonalverfahren!

Und jetzt merken wir auch, dass unsere einfachen Rechenoperationen mit dem Begriff Unendlich nicht mehr so richtig funktionieren: Abzählbar unendlich plus abzählbar unendlich ist eben auch nur abzählbar unendlich und nicht doppelt unendlich.

Ja, nicht einmal unsere Sprache funktioniert mehr richtig: Zweimal unendlich ist eben nicht 'mehr' als einmal unendlich, sondern 'genauso viel'. – Und jetzt komme ich auf die Bedeutung des Wörtchens 'bis' zu sprechen. Einer von Ihnen hat vorhin gesagt: 'einmal zwei, einmal drei, ..., einmal 17, einmal 18, ...*bis* unendlich!' Und was ist bei unendlich? Da hört es auf? – Bis morgen! Dann ist es morgen zu Ende. Bis 10 Uhr! Dann ist 10.01 zu spät. – 'Bis unendlich', und eins weiter gehört nicht mehr dazu? Das gibt es nicht. Dann würde es ja bei Unendlich aufhören, und dann wäre es endlich! – Statt 'bis unendlich' sage ich, 'das hört nie auf' oder 'das geht immer so weiter'. – Vorläufiges Ende der Mitteilungen!"

Die Kursmitglieder sehen einander betreten an. Nach langer Zeit sagt Oliver:

„Das hätte ich nicht gedacht: Es gibt also 'unendlich viele' verschiedene 'Unendlichs', die alle 'gleich' sind. Und das ist logisch, obwohl sprachlich völliger Blödsinn!"

„Das ist kein 'Blödsinn', sondern wir empfinden es nur als 'Blödsinn', weil unsere Alltagssprache nicht ausreicht, dieses Phänomen zu beschreiben. Deshalb haben wir ja eine mathematische Fachsprache. Da heißt das: Alle 'abzählbar unendlichen' Mengen *sind gleichmächtig*, nicht *haben gleich viele Elemente*. Und sie sind gleichmächtig, weil eine umkehrbar eindeutige Zuordnung zwischen den jeweiligen Elementen gefunden werden kann," sagt Frank Walther.

„Und warum ist dann die Fachausdrucksweise immer so komisch geschraubt?" fragt Bernd.

„Die ist nur deshalb 'komisch geschraubt', weil Sie nicht daran gewöhnt sind und weil die Fachsprache keinen Raum für

Missverständnisse geben soll. Fachausdrucksweisen gibt es auch im Alltag. Und da werden sie als ganz okay empfunden, weil Sie daran gewöhnt sind. Zum Beispiel wird jeder für bescheuert gehalten, der in den Bus steigt und sagt: 'Ich hätte gern einen Zettel bis Hauptbahnhof.' Dagegen findet den Fachausdruck 'Fahrschein' niemand als 'komisch geschraubt', obwohl der Schein ja gar nicht selbst fährt."

„Das wird mir jetzt erst richtig klar, dass es überall eine Fachausdrucksweise gibt, über die kein Mensch mehr nachdenkt: Kein Mensch redet von einem elektronischen, per Internet verschickten Brief. Das ist einfach eine E-Mail. Und eine Straße, auf deren Verkehrsteilnehmer alle von rechts oder links einbiegenden Verkehrsteilnehmer Rücksicht nehmen müssen, heißt Vorfahrtsstraße," sagt Silke.

„Und eine Schülerin, die keine Lust hat, zur Schule zu gehen, heißt Schulschwänzerin, obwohl sie doch gar keinen Schwanz hat!" sagt Christian.

Ein Raunen geht durch den Kurs.

„Was Ihr schon wieder denkt! Ich meine, sie trägt ihr Haar nicht in einem Pferdeschwanz, sondern offen!"

„Ich denke," sagt Frank Walther, „weitere Beispiele können wir uns jetzt schenken. Zwar bin ich mit Christian einer Meinung, dass gerade pathologische Beispiele das Prinzip verdeutlichen. Deswegen danke für Ihr Beispiel, Christian. Aber jetzt ist das Prinzip auch dem Dümmsten klar, angenommen wir hätten ihn."

„Wenn Sie mal wieder ein pathologisches Beispiel brauchen, darin bin ich Meister!" sagt Christian und lacht.

„Darauf komme ich gern zurück," sagt der Lehrer.

Oliver macht ein sehr ernstes Gesicht und sagt, als er aufgerufen wird:

„So ganz fertig mit dem Forschen sind wir meines Erachtens noch nicht. Gibt es denn keine unendliche Menge mit 'mehr als' abzählbar vielen Elementen?"" und dabei deutet er mit Zeige- und Mittelfinger die Anführungsstriche an. „Sind alle unendlichen Mengen gleichmächtig? Es gibt ja außer den rationalen Zahlen noch die irrationalen, und die bilden mit den rationalen Zahlen zusammen die reellen Zahlen. Was ist mit denen?""

„Ja!" sagt Silke. „Ich hatte eben noch eine andere Frage. Aber vielleicht zielt die auf dasselbe ab: Wenn es ein 'erstes' Cantor'sches Diagonalverfahren gibt, gibt es vielleicht auch noch ein zweites? Und jetzt Olivers Frage angeschlossen: Vielleich weist das darauf hin, dass es unendliche Mengen gibt, deren Elemente nicht mehr abzählbar unendlich sind, also Mengen, die mächtiger sind."

Frank Walther wiegt anerkennend sein Haupt und sagt:

„Ich sehe schon, Sie sind die geborenen Forscher. Genau so ist es, Oliver und Silke. – Hochachtung! – Das so genannte zweite Cantor'sche Diagonalverfahren beweist, dass die Menge der reellen Zahlen *überabzählbar mächtig* ist. Wie das genau geht, weiß ich im Augenblick nicht. Das sollten wir uns für eine letzte Stunde vor den Ferien vorbehalten. Dann kann ich das bis dahin noch in Ruhe vorbereiten. Ich weiß immerhin, dass es nicht so schwierig ist, dass wir es nicht verstehen würden. Ich habe es nur vergessen."

Frank Walther atmet hörbar durch und sagt:

„Ich denke, wir haben eine Menge geschafft! Ich bin begeistert! – Jetzt habe ich noch eine interessante Forschungsaufgabe für Sie: Untersuchen Sie (schriftlich!) an verschiedenen endliche Mengen die Anzahl der zu einer Menge gehörigen Teilmengen. Dabei beachten Sie bitte: Die leere Menge und die Menge selbst gehören jeweils zur Menge der Teilmengen einer Menge dazu. Erforschen Sie, wieso der Fachausdruck 'Potenzmenge' für die Menge aller Teilmengen einer Menge sinnvoll ist!"

Er macht eine Denkpause. Dann sagt er:

„Ich glaube, ich gebe Ihnen besser noch ein Beispiel für die Menge aller Teilmengen einer Menge. Die Menge sei {a,b}. Dann ist die Menge aller Teilmengen { }, {a}, {b}, {a,b}. Das wird natürlich ein bisschen komplizierter, je größer die Anzahl der Elemente der Menge ist. – Ich denke, jetzt müsste alles klar sein, um forschen zu können. – Bis zur nächsten Doppelstunde wünsche ich Ihnen das Doppelte von dem, was Sie mir wünschen."

Für die nächste Doppelstunde nimmt sich Frank Walther eine erstmalige Kontrolle der Hausaufgabe vor und gegebenenfalls seine Maßnahmen für nicht gemachte Hausaufgaben notfalls anzuwenden.

Nach der Begrüßung sagt er:

„Jetzt wäre der Zeitpunkt, an dem sich die Kursmitglieder melden müssten, die die Hausaufgabe nicht oder teilweise nicht haben, und zwar unaufgefordert. Weil wir das heute das erste Mal exerzieren, mache ich Sie ausnahmsweise noch einmal darauf aufmerksam. Sie erinnern sich, welche Maßnahme eintritt, wenn Sie sich nicht melden und erwischt werden: Eintrag wegen Täuschungsversuchs. Also ausnahmsweise: Gibt es jemanden, der seine Hausaufgabe nicht oder partiell nicht hat?"

Frank Walther wartet eine ziemlich lange Zeit. Da meldet sich endlich der Schüler Max und sagt:

„Ja, ich habe keine Zeit gehabt. Ich musste für meinen Vater noch ..."

„Halt!" ruft Frank Walther. „Bitte keine Einzelheiten! Die will ich nicht wissen, egal, ob Lüge oder Wahrheit! – Aber: Just in time!!! – Ein paar Sekunden später, und der Zug wäre abgefahren gewesen. – Die Nachfrage hinsichtlich der Hausaufgaben und eine so lange Bedenkzeit gibt es nie wieder! Denken Sie daran!"

Er zückt sein Buch und macht sich eine Notiz. Dazu sagt er:

„Nachlieferung in der nächsten Stunde und nur in dieser, sofern diese nicht am gleichen Tag liegt, führt zur Streichung. Sowohl die Anzahl der gestrichenen als auch die der nicht gestrichenen Vermerke sagt bei der Zensurengebung etwas aus. – So, nun möchte ich mir die Aufgaben mal ansehen. Während dessen besprechen Sie doch Ihre Forschungsergebnisse bitte mit Ihrem Nachbarn beziehungsweise in kleinen Arbeitsgruppen!"

Ungefähr zehn Minuten dauert es, bis er alle Hausaufgaben gesehen hat. Dann kommt er nach vorn und sagt:

„Wenn Schwierigkeiten aufgetaucht sind, dann sind diese beim Aufstellen der Teilmengen aufgetaucht. Und dabei fange ich ja nicht bei einer so schwierigen Aufgabe an, wie die Teilmengen einer zehnelementigen Menge aufzustellen. Im Vertrauen: Das wären nämlich 1024 Stück! – Wo ist es sinnvoll anzufangen?"

„Bei einer Menge mit drei Elementen!" sagt Bernd.

„Warum nicht bei einer Menge mit zwei Elementen oder mit einem Element oder mit null Elementen?" fragt der Lehrer.

Betretene Gesichter!

Petra meldet sich und sagt:

„Ich habe bei einer dreielementigen Menge angefangen und bin dann abwärts gegangen: zwei Elemente, ein Element."

„Okay!" sagt der Lehrer. „Wegen der Kürze der zur Verfügung stehenden Zeit mache ich das mal vor, wie ich mir das vorstelle. Ich habe zwar gesagt, für die 'Forschung' brauchen wir viel Zeit. Aber die Zeit für diese 'Forschung' sollte ja zu Hause erbracht werden. Und jeder, der sich intensiv damit zu Hause beschäftigt hat, kann das, was *ich* zu Hause gemacht habe und jetzt verteile, nachvollziehen und dabei verstehen."

Frank Walther verteilt DIN-A-4-Bögen mit der entsprechenden Tabelle und sagt dazu:

„Bitte arbeiten Sie die Tabelle jetzt nicht durch, sondern legen Sie sie weg, damit wir weiter forschen können. Den Inhalt dieses

DIN-A-4-Blattes können Sie sich zu Hause reinziehen, wie man neudeutsch sagt."

Hausaufgabe Das Ergebnis der Hausaufgabe vorab: Die Potenzmenge einer n-elementigen Menge hat 2 hoch n Elemente. 'Potenzmenge', weil die Anzahl der Elemente durch eine Zweierpotenz gegeben ist.

Zahl der Elemente	Menge	Teilmengen	Zahl der Teil-mengen	Ergebnis
0	{}	{}	1	2 hoch 0
1	{a}	{}, {a}	2	2 hoch 1
2	{ab}	{}, {a}, {b}, {ab}	4	2 hoch 2
3	{abc}	{ }, {a}, {b}, {c}, {ab}, {ac}, {bc}, {abc	8	2 hoch 3
4	{abcd}	{}, {a}, {b}, {c}, {d}, {ab}, {ac}, {ad}, {bc}, {bd}, {cd}, {abc}, {acd}, {abd}, {bcd},{abcd}	16	2 hoch4
5	{abcde}	{}, {a}, {b}, {c}, {d}, {e}, {ab}, {ac}, {ad}, {ae}, {bc}, {bd}, {be}, {cd}, {ce}, {de}, {abc}, {abd},{abe},{acd}, {ace}, {ade},{bcd}, {bce},{bde},{cde}, {abcd}, {abce}, {abde}, {acde}, {bcde}, {abcde}	32	2 hoch 5

[An dieser Stelle ist die folgende Regieanweisung für diejenigen Leser angebracht, die rein mathematisch weniger interessiert sind: Zum Gesamtverständnis des Anliegens dieses Büchleins ist es für Sie nicht unbedingt erforderlich, die Tabelle zu verstehen. Haben Sie keine Hemmung, sie einfach zu überschlagen.]

„So stelle ich mir eine gut gemachte Hausaufgabe vor," sagt der Lehrer. „Und zu diesem Thema jetzt noch eine Mitteilung aus der Wissenschaft: Potenzmengen kann man auch von unendlichen Mengen bilden. Und es gilt dann nicht nur für endliche, sondern auch für unendliche Mengen: Die Potenzmenge hat stets eine größere Mächtigkeit als die Menge selbst. Damit gibt es eine unendliche Menge von Mächtigkeiten von Mengen. – Denken Sie mal darüber nach!

So, jetzt haben wir noch knapp zehn Minuten. Diese Zeit möchte ich nutzen, um mit drei oder vier von Ihnen nacheinander ein Spiel zu machen, bei dem ich, so viel vorab, zunächst immer gewinnen werde. Ihr Forschungsauftrag ist, heraus zu finden, welches meine Gewinnstrategie ist, wieso ich also immer gewinne.

Anders formuliert: Was muss jemand tun, der immer gewinnen will? – Das Spiel heißt: Wer zuerst 100 sagt, hat gewonnen."

„Hundert!" sagt Frauke, und alles lacht.

„Sehr gut und geistesgegenwärtig, Frauke! – Aber ich war mit der Bekanntgabe der Spielregeln noch nicht ganz fertig. Also: Das Spiel wird von zwei Spielern gespielt. Wer anfängt, nennt eine natürliche Zahl kleiner als 10. Der andere Spieler nennt dann eine natürlich Zahl, die um mindestens eins und um höchstens zehn größer ist. Und so immer abwechselnd. Und wer dann zuerst 100 sagt, hat gewonnen. – Wenn ich zum Beispiel anfange und die Zahl 7 nenne, welches ist die kleinste Zahl, die mein Gegenspieler nennen kann?"

„Acht!"

„Richtig! – Und welches ist die größte Zahl?"

„Siebzehn!"

„Okay! Dann sind die Spielregeln klar."

Dreimal wird das Spiel gespielt, und jedes Mal gewinnt der Lehrer. Dann klingelt es zum Stundenende.

Als Frank Walther zwei Tage später die nächste Stunde eröffnet, merkt er, dass der Kurs regelrecht aufgeregt ist. Es dauert relativ lange, bis es zum Begrüßen ruhig wird.

„Ist heute etwas Besonderes los?" fragt der Lehrer. „Sie sind so aufgekratzt!"

„Ja, es geht um die Hausaufgabe. Da haben wir unterschiedliche Ergebnisse erforscht, und das kann doch nicht sein!" sagt Petra.

„Ja!" sagt Frank Walther. „Das scheint mir auch ein eigenartiges Forschungsergebnis zu sein. – Am besten, wir tauschen erst einmal die Ergebnisse aus. Ich gebe einmal vor: Bei der Gewinnstrategie spielt offenbar die Zahl 89 eine besondere Rolle. Welche?"

„Ja, nicht nur die Zahl 89!" sagt Oliver in den Klassenraum hinein.

„Es wäre mir lieb," sagt der Lehrer, „wenn wir uns erst einmal auf die besondere Rolle der Zahl 89 beschränken, Oliver! Bitte! – Wer von Ihnen hat als Gewinnstrategie angeboten: 'Wer gewinnen will, muss zuerst die Zahl 89 sagen?"

Es melden sich Max und Lars.

„Okay!" sagt Frank Walther. „Max, spielen Sie mit mir?"

„Ja, gern!"

„Wer soll anfangen?"

„Ich fange mal an," sagt Max. „Ich sage 7."

„16," sagt der Lehrer.

Max: „26." – Lehrer: „36." – Max: „46." – Lehrer: „56." –

Max: „66." – Lehrer: „67." – Max: „68." – Lehrer: „78." – Max: „79 – Au, Scheiße!" – Lehrer: „Wieso 'au, Scheiße'?"

Max: „Ja, ich habe verloren." –

Lehrer: „Lars, wieso hat Max verloren? Die Zahl 89 ist doch noch gar nicht gefallen!

Lars schaut ratlos drein.

Max: „Ich kann doch jetzt sagen, was ich will. Sie sagen immer 89. – Ich habe das Spiel tausendmal mit meinem kleinen Bruder gespielt und jedes Mal gewonnen. Der ist einfach zu blöd, deshalb habe ich ..."

„Nein, mein Lieber! *Du* bist zu blöd! Du hast einfach zu früh mit dem Forschen aufgehört!" sagt Silke in den Klassenraum hinein.

Lehrer: „Lars, was sagen Sie dazu?"

„Ach so, ja! Das stimmt ja!" sagt Lars. „Wenn Sie 78 sagen, dann kann Max sagen, was er will. Sie können dann immer 89 sagen. – Scheiße! Das habe ich auch nicht bedacht. Das hat meine Schwester auch nicht gemerkt."

„Was meinen Sie, Lars, wollen Sie mal mit mir spielen?" fragt Frank Walther an.

„Ja!" sagt Lars etwas zögerlich.

„Wer soll anfangen?" fragt der Lehrer.

„Sie können ruhig anfangen!" sagt Lars.

„Schade!" sagt Oliver, der sich nicht mehr zurückhalten kann.

Frank Walther gebietet Oliver mit einer Geste Einhalt und sagt: „Wieso sagt Oliver ‛schade', Petra?"

Petra antwortet:

„Weil ich Lars dann leider zum zweiten Sieger erklären muss!" und fast alle Kursteilnehmer lachen. Selbst Max lacht.

„Mögen Sie es ihm erklären, Max, warum Petra recht hat?" fragt der Lehrer.

Max räuspert sich und sagt: „Lars, pass auf! Wenn Herr Walter 78 sagt, hat er gewonnen, weil er dann mit Sicherheit 89 sagen kann. Das hast Du vorhin selbst gesagt. Nun ist aber die Frage, was er tun muss, damit er 78 sagen kann. – Na? Das kann er nur, wenn er vorher 67 sagt. Und 67 kann er sagen, wenn er vorher 56 sagt. Und so weiter: 56, 45, 34, 23, 12, und schließlich 1. Wer also anfängt und 1 sagt, hat gewonnen. Klaro?"

„Mensch, ja!" sagt Lars und lächelt ein wenig beschämt. „Da habe ich zu früh mit dem Forschen aufgehört. Scheiße!"

„Nun grämen Sie sich nicht! Das ist schon vielen Forschern passiert," sagt Frank Walther. „Das ist keine Schande. – Okay! Wenn wir das nun alle wissen, ist das Spiel natürlich für uns langweilig geworden. Aber jetzt möchte ich mal sehen, wer denn bei dem Spiel, das ich jetzt vorschlage, eine Gewinnstrategie entwickeln kann. – Das neue Spiel heißt jetzt: Wer zuerst eine Zahl sagen muss, die größer oder gleich 100 ist, hat *verloren* ! – Oliver, haben Sie Mut?"

Oliver sagt: „Okay, dann will ich mal anfangen. Ich sage 2."

Lehrer: „12." – Oliver: „13."

Lehrer: „Ich will Ihnen eine Chance geben. 14."

Oliver: „24." – Lehrer: „34." – Oliver: „35." – Lehrer: „44." – Oliver: „46." – Lehrer: „55." – Oliver: „57." – Lehrer: „66." – Oliver: „68." – Lehrer: „77."

Oliver: „Mist! Ich glaube, ich habe mich vergaloppiert! Da komme ich nicht mehr raus! Sie können jetzt 88 und 99 sagen, und dann muss ich 100 sagen. – Verdammt!"

Frank Walther lacht und sagt: „Nehmen Sie es nicht so tragisch, Oliver! – Ich schlage vor, wir machen vor einem erneuten Spiel eine Denkpause von ein paar Minuten. Und dann frage ich noch einmal nach einer Gewinnstrategie."

Produktives Gemurmel. Dann ein Schrei von Oliver:

„Scheiße! – Ich bin ja sowas von blöd! – Sie haben ja keine Chance, Herr Walther!"

„Schreiben Sie es auf und behalten Sie es für sich! Nicht die Rosinen aus dem Kuchen fressen!" sagt Frank Walther und lacht.

Es haben sich Paare gebildet, die das Spiel spielen, um so der Idee für eine Gewinnstrategie näher zu kommen. Von Zeit zu Zeit erfolgt eine ähnliche Reaktion wie bei Oliver. Dann unterbricht der Lehrer die Forschungsarbeit und sagt:

„Einige haben bereits eine Gewinnstrategie, andere noch nicht. Die Aufgabe für diejenigen, die bereits mit dem Forschen fertig sind, besteht nun darin, den anderen einen Tipp zu geben, ohne vorzusagen."

Langsam gehen einige Finger hoch. Frank Walther ruft Silke auf:

„Ich würde den Namen des Spiels 'wer zuerst 100 sagt, hat verloren' so umformulieren, dass das Spiel heißt 'wer zuerst Punkt, Punkt, Punkt, hat *gewonnen*'."

„Würden Sie dem zustimmen, Oliver?" fragt der Lehrer.

Oliver überlegt einen Augenblick, dann sagt er:

„Mensch, das ist ein guter Tipp, Silke. Da bin ich nicht drauf gekommen. Dann stampfe ich meinen Tipp ein!"

Frank Walther beobachtet, wie sich nach und nach die Mienen der Kursmitglieder aufhellen, weil der Tipp Früchte trägt. Ohne genau zu wissen, ob es noch einen Schüler gibt, der die Lösung noch nicht kennt, sagt der Lehrer:

„Wer gibt die Auflösung? – Malte!"

„Okay. Wer zuerst 99 sagt, hat gewonnen, so heißt das Spiel jetzt dank Silkes Tipp. Bei dem vorigen Spiel war die Gewinnzahl 100. Und da war die Reihe der Gewinnzahlen 1, 12, 23, 34, 45, 56, 67, 78, 89, 100. Jetzt ist die Gewinnzahl um eins kleiner, also auch die anderen Gewinnzahlen: 0, 11, 22, 33, 44, 55, 66, 77, 88, 99. Das Problem ist, dass 0 keine natürliche Zahl ist. Deshalb darf der Gewinner auf keinen Fall anfangen. Dann kann er als erster 11 sagen."

„Das war hervorragend erklärt, Malte! – Nun habe ich, wie könnte es anders sein, noch ein Problem: Wir haben jetzt die

Gewinnzahl und die Differenz von maximal zehn zwischen zwei Zahlen festgelegt. Wie kann ich denn schnell, ohne die ganze Reihe der Gewinnzahlen ausfindig zu machen, herausfinden, welches die kleinste Gewinnzahl ist, die ich nennen muss? Wenn ich nämlich blitzschnell einen Weg finden könnte, dann könnte ich sogar die größte Gewinnzahl und die Differenz durch meinen Spielgegner festlegen lassen und würde trotzdem gewinnen. Das Spiel könnte also heißen: ´Wer zuerst 217 sagt, hat gewonnen. Die Differenz soll maximal 14 betragen´ .Das zu erforschen, ist die Hausaufgabe zum nächsten Mal.

Für die zweite Stunde habe ich noch ein Problem, welches wir schon einmal am Ende dieser Stunde zur Diskussion stellen könnten. Dann schlage ich vor, dass wir die kurze Pause durchforschen und dafür fünf Minuten eher Feierabend machen. Einverstanden?"

Der Kurs ist einverstanden.

„Wer von Ihnen spielt kein Tennis? – Okay! Sie müssen zur Lösung dieses Problems wissen, dass es bei einem Tennisspiel kein Unentschieden gibt und dass Tennisturniere immer nach dem K.O.-Prinzip ausgespielt werden. Klar?"

Allgemeine Zustimmung.

„Dann stellen Sie sich vor, Sie seien der Manager eines großen Tennisturniers, bei dem sich 1024 Spieler gemeldet haben. Um das zu organisieren, müssen Sie im Vorhinein wissen, wie viele Spiele es in dem Turnier geben wird. Also: 1024 Spieler, wie viele Spiele insgesamt?"

Frank Walther geht durch die Reihen und schaut den Schülern über die Schulter. Alle rechnen fleißig. Das benutzte ´Werkzeug´ ist: 512 + 256 + 128 + 64 + 32 + 16 + 8 + 4 + 2 + 1. Das Ergebnis ist: Es finden 1023 Spiele statt. Nach kurzer Zeit haben alle Kursmitglieder das Ergebnis. Thorsten meldet sich und fragt: „Darf ich fragen, wo hier das Problem liegt? Ich sehe da keins. Addieren und halbieren können wir doch schon seit der zweiten Klasse."

„Ach, das vergaß ich zu sagen!" sagt Frank Walther. „Das Problem kommt erst jetzt: Kurz vor Turnierbeginn sagen vier Spieler wegen Verletzung ab."

„Au, Mist! Jetzt sind es nur 1020 Spieler. Das ist aber ärgerlich!" sagt Oliver.

„Wieso ist das ärgerlich?" fragt Max.

„Das liegt doch auf der Hand: 1020 ist im Gegensatz zu 1024 keine Zweierpotenz," sagt Oliver. „1024 ist 2 hoch 10. Deshalb ging das so schön mit dem Halbieren. Das geht ja nun nicht mehr!"

„Wieso? 1020 kann ich doch auch halbieren. Das gibt 510."

„Und 510 kannst Du auch noch halbieren. Das ergibt 255. – So, und nun? Jetzt stehst Du auf dem Schlauch! Bis zum Schluss geht das Halbieren nur mit einer Zweierpotenz!" sagt Oliver.

„Verdammt! Du hast recht!" sagt Max.

Frank Walther stellt sich vor den Kurs und sagt:

„An dieser Stelle müssen wir uns über 'Werkzeuge' in der Mathematik unterhalten.

Wenn Sie einen Radwechsel bei meinem Wagen vornehmen wollen, dann brauchen Sie einen 19-er Schlüssel. Wenn Sie aber nur einen 17-er Schlüssel haben, dann haben Sie schlechte Karten. Ein Radwechsel findet dann nicht statt. Bei einem anderen Wagentyp brauchen Sie vielleicht einen 21-er Schlüssel. Da bewegt sich nichts, wenn Sie mit einem 19-er Schlüssel arbeiten. Dann wäre es doch schön, wenn es einen Universalschlüssel gäbe, nicht wahr? – Oder ein anderes Beispiel: Ein Zollstock zum Beispiel ist ein ausgezeichnetes Werkzeug, ohne das ein Maurer oder ein Zimmermann nicht auskommen kann. Aber wenn ich mit einem Zollstock meine Körpertemperatur messen will, werde ich merken, dass ein Zollstock dafür völlig ungeeignet ist."

„Das ist nicht einfach, jetzt auf Anhieb ein Verfahren zu finden, das immer funktioniert, egal, wie viele Spieler sich gemeldet haben," sagt Silke nach einer Weile, „denn das ist ja das anstehende Problem! Da fällt mir auf Anhieb nichts ein!"

„Genau, Silke! Das ist das Problem! – Ich mache mal einen Vorschlag zur Lösung, natürlich ohne vorzusagen!" sagt Frank Walther. „Ich würde gern ein wenig mit kleinen Zahlen experimentieren und sehen, wie das da funktioniert. Vielleicht entdecken wir ja dann eine Regel, die wir dann auf große Zahlen übertragen können und für die wir eine schlüssige Begründung finden!"

„Also einmal angenommen, es hätten sich nur vier Spieler zu dem Tennisturnier gemeldet!" sagt Lars. „Das wäre einfach! Das wären dann drei Spiele. Also zuerst zwei Spiele in der ersten Runde. Dabei gibt es genau zwei Gewinner, die in einem dritten Spiel den Sieger ausspielen. Also drei Spiele insgesamt."

„Das ist richtig!" sagt Silke. „Und jetzt einmal angenommen, es wird ein Spieler nachgemeldet, und es wären fünf!"

„Das ist auch nicht schwer," sagt Bernd. „Da gibt es in der ersten Runde zwei Spiele, und der fünfte Spieler hätte ein Freilos für die zweite Runde. Einer der beiden Sieger der ersten Runde spielt in der zweiten Runde mit dem fünften Spieler. Und der Sieger steht im Endspiel mit dem anderen Sieger der ersten Runde, der in der zweiten Runde ein Freilos hatte. Also gibt es insgesamt vier Spiele."

„Und wenn nun noch ein Spieler hinzu käme, dann hätten wir fünf Spiele insgesamt," sagt Petra.

„Halt das geht mir jetzt zu schnell!" sagt Thorsten.

„Das ist doch ganz einfach!" sagt Petra, und sie erklärt ausführlich, wer gegen wen spielt und wer ein Freilos bekommt.

„Das ist ja geil!" sagt Oliver. „Lass uns doch mal eine Tabelle machen. Wir fangen mit zwei Spielern an, dann drei, dann vier Spieler, und so weiter. Mal sehen, was dann passiert."

Anzahl der Spieler	Zahl der Spiele
2	1
3	2
4	3
5	4
6	5
7	6

„Das ist doch eine wunderschöne Regelmäßigkeit, oder? – Jetzt müssen wir nur noch den Universalschlüssel finden. Das heißt, wir müssen beweisen, dass die Tabelle beliebig fortgesetzt werden kann," sagt Oliver.

Der Lehrer unterbricht Oliver und sagt:

„Verstehen Sie, was er meint, Lars?"

„Ja, verstehen tu ich das, aber wieso das so ist, weiß ich nicht. – Er meint: Bei 437 Spielern gibt es 436 Spiele, bei 561 Spielern gibt es 560 Spiele, also immer ein Spiel weniger als die Anzahl der Teilnehmer."

„Okay!" sagt der Lehrer. „Das brauchen wir jetzt nur noch zu beweisen. –"

Für eine ganz lange Zeit, in der sich kleine Arbeitsgruppen bilden und in der ein produktives Gemurmel stattfindet, hat niemand eine zündende Idee. Dann sagt der Lehrer:

„Hier kommt mein Tipp: Stellen Sie sich vor, Sie sind ein Teilnehmer. Nur damit Sie keinen Schaden an Ihrer Seele nehmen, frage ich Sie, bevor das Turnier anfängt: Wie oft gehen Sie in dem Turnier als Verlierer vom Platz?"

Es setzt wieder ein produktives Gemurmel ein, und es bilden sich wieder kleine Arbeitsgruppen. Dann plötzlich ein Schrei aus der Arbeitsgruppe, die aus Oliver, Silke und Petra besteht:

„Oh Gott! Ist das einfach!"

Frank Walther reagiert sofort und sagt:

„Sagen Sie nicht 'oh Gott' zu mir, Silke! Sagen Sie einfach nur 'Herr Walther'! Das reicht." – Gelächter. – „Bitte behalten Sie Ihr Ergebnis für sich, damit die anderen auch noch eine Chance für ein Aha-Erlebnis haben!"

Dieses Aha-Erlebnis wird im Laufe der nächsten circa drei Minuten noch zwei weiteren Arbeitsgruppen zuteil. Dann bittet Frank Walther die erste Gruppe um die Erklärung.

„Also: Die Frage war:" sagt Silke, „wie oft verlässt Du als Verlierer den Platz? – Die Antwort heißt: Wenn Du nicht der Turniersieger bist, genau einmal. Dann kannst Du nämlich nach Hause gehen! K.O.-System! – Wenn Du aber der Turniersieger bist, bist Du der einzige Spieler, der überhaupt nicht verliert. Das heißt: Es gibt zu jedem Verlierer genau ein Spiel und zu jedem Spiel genau einen Verlierer. Also gibt es genauso viele Spiele, wie es Verlierer gibt, also ein Spiel weniger als insgesamt Spieler."

„Und das ist auch der Universalschlüssel," sagt Petra. „Dabei ist es nämlich völlig wurscht, wie viele Spieler gemeldet sind, ob 17 oder 731."

„Gibt es dazu noch eine Frage?" sagt Frank Walther.

„Eine Frage nicht, aber eine Bemerkung!" sagt Thorsten. „Das funktioniert natürlich nur, weil es bei einem Tennisturnier kein Unentschieden gibt und nach dem K.O.-System gespielt wird. Bei der Fußball-WM sieht das anders aus, jedenfalls in der Vorrunde!"

„Danke, Thorsten. Das ist richtig. – Ich denke, jetzt haben wir genug geforscht. Ich bin überrascht, mit welcher Begeisterung Sie forschen und einen Tipp von mir geschickt verarbeiten. Dann sollten wir den Mut haben, diese Stunde ein paar Minuten früher zu beenden. – Ich wünsche Ihnen ...“

„... das Doppelte von dem, was wir Ihnen wünschen!“ ergänzt der Kurs im Chor, und alle Kursmitglieder lachen.

***

An dieser Stelle sei es angebracht, den Unterrichtsfortgang von Frank Walther und seinem Leistungskurs zu unterbrechen und einmal das Prinzip zu beleuchten.

Vielleicht bedarf es – ich habe es ganz zu Anfang schon angedeutet – nicht einmal der Erwähnung, dass 'Mathematik' hier lediglich als Variable für irgendein Schulfach steht und dass es lediglich hier vor anderen Fächern den Vorzug genießt, weil der Autor dieses Fach studiert hat. Die folgende Behauptung ist – wie schon oben angedeutet – aus Sicht des Autors sehr wahrscheinlich: Jeder Lehrer, der sich mit seinem Studienfach und seinem Beruf als Lehrer identifiziert, kann aus seinem Fachbereich ähnliche Beispiele finden, an denen Schüler aller Altersgruppen 'forschen' können, um sie zu motivieren. Und ein jeder dieser Lehrer wird nach sehr kurzer Zeit merken, die Schüler sind motiviert und interessiert, und der immer mehr in Umlauf gekommene Slogan, 'Schule ist Scheiße', hat dann seine Gültigkeit verloren. Lehrer, die bereits einen Tag nach den Zeugniskonferenzen in die Klasse kommen und sagen, 'beschäftigt Euch irgendwie!' und dann Zeitung lesen, sind die Totengräber der Motivation einer ganzen Schülergeneration und sorgen dafür, dass kein Schüler ein Interesse für irgendetwas entwickelt, außer dafür, für ein Minimum an Aufwand ein Maximum an Honorar zu bekommen – in diesem Falle ist Honorar gleich Zensur zu setzen! Dabei ist es so leicht, Interesse zu erzeugen, wenn man die uralte Aussage von Aristoteles verstanden hat: 'Sich wundern ist der Anfang aller Wissenschaft'.

Ich allerdings wundere mich über gar nichts mehr, wenn ich sehe, mit wie wenig Engagement und mit wie viel Desinteresse manche Lehrer ihre Arbeitszeit 'abreißen' und wie sehr sich diese Lehrer auf den Vorzügen des Beamtenstatus ausruhen. Richtig ist, dass die landläufige Meinung, der Lehrerberuf sei einer der leichtesten, nicht stimmt; aber zweifellos ist er einer der schönsten und verantwortungsvollsten, wenn das Engagement eines Lehrers und seine Identifikation mit seinem Beruf stimmen. Und umgekehrt: Der Beruf kann zur Hölle werden, wenn er lediglich zum Broterwerb verkommen ist und persönliches Engagement und Verantwortungsbereitschaft in die Stunden der Freizeit verlagert werden.

Keine Schelte ohne Beispiele:

⇨ Was erwarte ich von einem Schüler, der seinen Lehrer fast jeden Morgen erlebt, wenn er abgehetzt und trotzdem zu spät in die erste Stunde kommt, die Faltenabdrücke des Kopfkissens noch im Gesicht, und den Schulbeginn um 8:00 Uhr als 'unchristlich frühe Zeit' beklagt? – Ein solcher Lehrer stellt ein Negativ-Vorbild dar, das gern von einem Schüler als Entschuldigung für ähnliches Verhalten seinerseits aufgegriffen wird, zum Beispiel, wenn er selbst zu spät kommt. Auch ein Hinweis auf die Ungültigkeit des juristischen 'Grundsatzes' 'Gleichheit im Unrecht' ist einem solchen Schüler nicht leicht einsichtig zu machen, wenn er stets ein solches Verhalten der Externalisierung der Schuld beziehungsweise der Verantwortung als Vorbild hat.

⇨ Was erwarte ich von einem Lehrer, der eine Klassenarbeit zwei Tage, bevor die nächste geschrieben wird, korrigiert zurück gibt? Dieser Lehrer nimmt sich vier bis sechs Wochen Zeit für die Korrektur, ohne dass er in dieser Angelegenheit mit sich reden lässt, erwartet aber gleichzeitig eine kontinuierliche Mitarbeit und termingerechte Erledigung der anstehenden Aufgaben von seinen Schülern. Welch eine Asymmetrie im Verhalten!

⇨ Was erwarte ich von einem Lehrer, der nur aus dem Blickwinkel seines Faches Be- und manchmal auch Verurteilungen eines Schülers vom Stapel lässt, die ihm nicht zustehen. Wie viele Lehrer maßen sich Urteile über die Intelligenz eines Schülers an, obwohl sie doch nur sehr wenig über ihn wissen. Und es ist immer wieder festzustellen, dass sie nicht bereit sind, diese Negativurteile aufzugeben, wenn andere Kollegen eine gegenteilige Meinung argumentativ untermauern.

⇨ Wie viele Lehrer gibt es, die keine Ahnung von den gesetzlichen Grundlagen und Randbedingungen ihres Berufes besitzen, die nicht einmal die einschlägigen Vorschriften hinsichtlich der Leistungsbewertung und der Versetzung einigermaßen genau kennen? Diese Lehrer sehen gewöhnlich auch keine Notwendigkeit, sich Kenntnis von diesen Dingen anzueignen, obwohl sie täglich zensieren und beurteilen und zweimal im Jahr unter Umständen Weichen für die Zukunft von Schülern stellen! Diesen Lehrern wird es auch nicht gelingen, pädagogische Akzente in Einzelfällen zu setzen, da sie nicht wissen, ob das die einschlägigen Rechts- und Verwaltungsvorschriften erlauben. Sie sind dazu verurteilt, immer nur auf der Mittellinie der Straße zu fahren, weil sie keine Ahnung davon besitzen, wie breit die gepflasterte Straße ist.

⇨ Was erwarte ich von den Schülern, die von ihrem Lehrer häufiger beschimpft als gelobt werden, besonders, wenn die Lehrer bei der Wahl der Schimpfwörter keineswegs zimperlich sind? Nicht selten habe ich es mit Lehrern zu tun gehabt, die die ihnen anvertrauten Schüler kollektiv mit Attributen wie 'stinkefaul', 'dümmer als die Polizei erlaubt' oder gar 'gehirnamputiert' belegt haben. Mir wurde von einem Fall berichtet, in dem ein Lehrer im Beisein des gesamten Kurses einem Schüler der Oberstufe gesagt haben soll, er wünsche sich angesichts des infantilen Verhaltens des Schülers, dass dieser sich bis in die Embryonalphase zurück entwickeln solle, damit seine Eltern ihn dann abtreiben könnten, um dann vielleicht das Wagnis einer Neuzeugung anzugehen.

⇨ Was erwarte ich von einem Lehrer, der infolge seiner Unkenntnis und seines mangelhaften Engagements kaum in der Lage ist, Standpunkte argumentativ zu vertreten oder sinnvolle Maßnahmen durchzusetzen und sie zu verantworten? Wie oft geschieht es, dass es beispielsweise bei der Besprechung von Zensuren in der Klasse zugeht wie auf einem orientalischen Basar! Und dabei ist doch das Geben von Zensuren etwas, was eindeutig Aufgabe eines Lehrers ist und für das er verantwortlich ist. Wie kann es da Spielräume geben, die verhandelbar sind? Und wenn ein Lehrer seine Gründe für die Vergabe einer Zensur offen legt, heißt das nicht, dass er diese Gründe zur Disposition stellt, sondern dass er den Schülern die Gelegenheit gibt, Anstrengungen für eine Verbesserung an den richtigen Stellen anzusetzen.

Ein Kollegium einer Schule braucht zum 'Funktionieren' für jeden Lehrer, wie oben beschrieben, mindestens drei oder vier höchst engagierte Gegenbeispiele. Und wenn es sie gibt, wie hoch ist dann deren Verschleiß beziehungsweise deren

Frustrationsrate, wenn sie für die Unengagierten mit einstehen und deren mangelhaftes Engagement ausgleichen müssen? Solch ein unengagierter Lehrer ist möglichst nicht länger als ein Jahr in einer Klasse zu belassen. Und damit der Schaden, den er anrichtet, begrenzt wird, muss ihn dann ein besonders guter Lehrer ablösen.

Als Schulleiter bin ich in einer Sitzung des Schulelternrats, als es wieder einmal um einen solchen Lehrer ging, gefragt worden: „Was muss eigentlich passieren, dass ein ungeeigneter aber beamteter Lehrer entlassen wird?" Ganz spontan und blitzschnell habe ich eine Antwort gegeben, für die ich mich dann im Nachhinein bei den Eltern entschuldigt habe, obwohl das pathologische Beispiel das eigentliche Prinzip hervorragend kennzeichnet. Meine Antwort war: „Wenn er mit der Ehefrau des Kultusministers schläft, reicht das nicht! Es muss schon öffentlich auf dem Marktplatz stattfinden."

So viele Fragen und so viel Kritik! Und dabei habe ich die Frage nach dem Talent für den Lehrerberuf noch gar nicht erörtert. Die folgenden Fragen drängen sich geradezu auf:

1. Wie kann es ein junger Mensch von knapp 20 Lebensjahren schaffen, sein Talent für den Lehrerberuf zu testen, bevor er diesen Beruf lebenslänglich ergreift und bevor er bereits Jahre der Ausbildung investiert hat, die mit dem 'Handwerk' des Unterrichtens gewöhnlich nichts zu tun haben? – Vorläufige Antwort: Er könnte es vielleicht schaffen, aber tut er auch wirklich das, was er tun müsste? Und: Was ist das?

Die gleiche Frage aus der Sicht des Dienstherrn:

2. Was tut der Staat als Dienstherr, um auch nur einigermaßen rechtzeitig eine vage Vorstellung davon zu bekommen, ob ein junger Mensch, insbesondere ein

Student des Lehramts, für den Lehrerberuf talentiert ist? – Antwort: Nichts!

3. Was tut der Staat als Dienstherr, einen Studenten des Lehramts frühestmöglich selbst erfahren zu lassen, ob er oder ob er nicht für den Lehrerberuf talentiert ist?

Die Antwort auf die erste Frage:

Normalerweise wird ein junger Mensch erstmalig ernsthaft und für eine Diagnose des Talents lange genug als Lehrer auf Schüler losgelassen, wenn er sein Studium beendet hat. Und dann ist es selbstverständlich viel zu spät, um noch einen anderen Beruf zu erlernen, falls sich dieser junge Mensch als talentfrei erweisen sollte. Natürlich *kann* er es schaffen, schon früher eine einigermaßen verlässliche Diagnose zu bekommen, wenn er zum Beispiel kirchliche Jugendgruppen oder Jugendgruppen in Sportvereinen dazu 'benutzt', sein Talent zu testen, mit jungen Menschen umzugehen. Aber die Frage ist, wie oben bereits angedeutet: Tut er das auch wirklich? Vorgeschrieben ist es nicht. Wie viele Menschen werden Lehrer, die erstmalig vor eine Lerngruppe treten, wenn sie Mitte bis Ende zwanzig sind? Und wenn sie dann merken, sie haben kein Talent, was dann? Und wenn es nur einer von hundert wäre, so wäre es genau einer zu viel! Aber ich bin sicher, es sind sehr viel mehr! Wenn ich der Dienstherr wäre, würde ich alle Hebel in Bewegung setzen, dass es einen solchen Lehrer nicht gäbe, erst recht nicht mehrere und schon gar nicht viele! Und welche Möglichkeiten gäbe es?

Ich weiß, dass jeder Lehramtskandidat in den ersten Semestern ein vierwöchiges Praktikum in einer Schule absolvieren muss. Ich weiß aber auch, dass ein solches Praktikum auf sehr verschiedene Weise genutzt werden kann: Intensiv und weniger intensiv! Außerdem ist die Zeit eines solchen Praktikums zu kurz, als dass ein Misserfolg nicht erfolgreich verdrängt werden könnte, wenn ein Beruf mit angeblich viel Freizeit und gutem Gehalt und vermeintlich ohne Kontrolle in der Ferne lockt. Natürlich ist das Praktikum vorgeschrieben, und über dessen Absolvierung gibt es eine Bescheinigung der Schule, an der das Praktikum absolviert worden ist. Aber gerade diejenigen, die es am nötigsten hätten, um ihr Talent zu testen, absolvieren das Praktikum möglichst ohne 'Feindberührung', soll heißen, ohne einmal selbst zu unterrichten. Es kommt ihnen nur auf das stupide Absitzen der Zeit an, damit sie die Bescheinigung bekommen.

Gibt es etwas Brauchbares, welches dieses zwar vorgeschriebene aber gemeinhin unbrauchbare Praktikum ersetzen kann?

Es ist schon sehr lange her (30 Jahre?), da gab es in Niedersachsen, vermutlich aus ähnlichen Überlegungen heraus, die sogenannte 'einphasige Lehrerausbildung', ersonnen und praktiziert von Professoren der Universitäten. Die Idee war, die zweite Phase der Lehrerausbildung, die pädagogische Ausbildung, also die Referendarausbildung, in das Studium mit einzubeziehen. Die Studenten sollten unter Aufsicht von durch die Universität ausgesuchten Fachlehrern unter der wissenschaftlichen Begleitung von Professoren während des Studiums das Unterrichten lernen und im Rahmen von Professoren benoteter Unterrichtsstunden zeigen, dass sie es konnten.
Eine ausgezeichnete Idee!
Aber wie so oft, liegt die Schwierigkeit dort, wo man sie am wenigsten vermutet:
Nach kurzer Zeit stellte sich heraus, dass die Kollegen, als sie in die Schule kamen, nicht das hielten, was die Veröffentlichungen über die einphasige Lehrerausbildung versprochen hatten und immer noch versprachen. Woran lag es?

Da man meines Erachtens schon im Vorfeld dieser Ausbildung den Fehler gemacht hatte, die Ausbildung an die Bildungsideologie einer Partei zu koppeln, wurde sie mit dem Regierungswechsel in Niedersachsen kurzerhand abgeschafft, und eine Fehlerdiagnose und eine Korrektur kam nicht in Frage. – Schade!

Um die Frage, woran das Scheitern der einphasigen Lehrerausbildung lag, zu beantworten und die Ursache verständlich darzustellen und damit eine dringend notwendige Veränderung der Lehrerausbildung anzuregen, sei es mir erlaubt, ein eigenes Erlebnis zu erzählen.

Ich war zu der Zeit Fachleiter für Mathematik, also in der zweiten Phase der Lehrerausbildung an einem Studienseminar tätig. Mit anderen Worten: Ich bildete zu der Zeit Studienreferendare an einem Studienseminar darin aus, wie man erfolgreich und gut Mathematik unterrichtet.

Mir war ein Professor an der Universität Osnabrück, der auch in der einphasigen Lehrerausbildung tätig gewesen war, wegen seiner interessanten Forschungen in der Mathematikdidaktik aufgefallen. Wir hatten uns kennen gelernt und waren ins Gespräch gekommen, ins Gespräch auch über die einphasige Lehrerausbildung. Aus diesen Gesprächen resultierten Nägel mit Köpfen. Wir verabredeten folgendes: Der Professor, nennen wir ihn F., nutzt einen kleinen Teil seiner Forschungsgelder, um eine Zahl von zehn Fachleitern für Mathematik und zehn in der einphasigen Ausbildung tätig gewesenen Hochschullehrern zu einer Tagung einzuladen. Ich werfe meine Position als Leiter der Arbeitsgemeinschaft der Seminar- und Fachleiter im Hauptvorstand des Philologenverbandes in die Waagschale, damit auch wirklich zehn Fachleiter zu dieser Tagung kommen. Die

Tagung steht unter dem Thema: Was ist guter Mathematikunterricht?

In der Detailplanung verabreden F. und ich Folgendes: F. zeigt ein Video einer Unterrichtsstunde, die von einem von ihm im Rahmen der einphasigen Lehrerausbildung ausgebildeten und an einer Schule verbeamteten Lehrer in einer Klasse 7 gehalten wird. Dann wird zunächst ohne Diskussion und anonym schriftlich eine Kurzbeurteilung (zwei Sätze) und eine Note (sehr gut bis ungenügend) gegeben. Die zwanzig Kurzbeurteilungen und Noten werden dann nach einer kurzen technischen Pause per Tageslichtprojektor den Teilnehmern zugänglich gemacht.

Wir sind beide gespannt, was da wohl herauskommen wird.

Die Tagung findet tatsächlich statt. Die Bedingungen werden im Vorhinein von allen Teilnehmern akzeptiert.

Das Ergebnis der Beurteilung des Videos sieht folgendermaßen aus: 9 Benotungen mit „1", eine Benotung mit „2+", 6 Benotungen mit „4 –" und 4 Benotungen mit „5".

Anders ausgedrückt: 10-mal „2+" und besser, 10-mal „4 –" und schlechter.

Da hilft auch die Anonymität nichts. Klar ist, die zehn hervorragenden Benotungen kommen von den zehn Hochschullehrern, die zehn schlechten Benotungen kommen von den Fachleitern.

Drei Hochschullehrer verlassen die Tagung, nicht ohne mit allen Zeichen von Ärger den Verdacht geäußert zu haben, es handele sich hier um ein übles Komplott zur Diffamierung der einphasigen Ausbildung. Ich bin nicht auf Vermutungen angewiesen, ich *weiß*, dass es keine derartigen Absprachen gegeben hat! Der verbleibende Rest der Teilnehmer ist zwar bemüht, die Wogen zu glätten, Wahrhaftigkeit zu zeigen und den Schaden zu begrenzen. Aber an ein Weiterführen der Tagung ist nicht mehr zu denken.

Selbst Begründungen zu dieser oder jener Zensur werden abgelehnt.

Um wenigstens ein Minimum an Erfolg zu retten, mache ich folgendes Angebot: Wenn F. uns noch einmal in gleicher Konstellation einladen würde, brächte *ich* einen Videofilm mit, der den Unterricht eines von mir im Seminar ausgebildeten Kollegen zeigen würde und der dann unter gleichen Bedingungen begutachtet und diskutiert werden könne.

Alle sind einverstanden. Damit ist die Tagung, bevor sie eigentlich richtig angefangen hatte, zu Ende, aber wenigstens ist eine Fortsetzung geplant.

Der Geschichte zweiter Teil:

Etwa ein halbes Jahr ist ins Land gegangen, und ich habe über meine tägliche Arbeit vergessen, dass es ja noch dieses Versprechen von mir gab. Bis ich eines Tages die verabredete Einladung von F. bekam! Der Termin war sehr knapp kalkuliert, nämlich gut eine Woche später.

Panik! Woher bekomme ich auf die Schnelle ein Videoband einer Unterrichtsstunde? Ausgeschlossen! Absagen? Noch ausgeschlossener! (wenn es denn diesen Komparativ überhaupt gibt. Wenn nicht, müsste man ihn eigens für diesen Fall und meine damit einher gehende Panik erfinden!) Was kann ich tun? Ich muss etwas tun! Aber was?

Der uralte Grundsatz, den mir mal ein Skifreund, der altgedienter Schulleiter war, gesagt hatte, fällt mir in diesem Moment (und auch später noch öfter!) wieder ein: Es ist besser, erst einmal gar nichts zu tun und nachzudenken, als etwas Falsches zu tun, an dessen Korrektur man monatelang zu arbeiten hat! Also tu ich nichts und denke nach. Nach dem zweiten Glas Rotwein rufe ich einen jungen Mathematiklehrer an, der bei mir vor einem halben Jahr sein Examen mit „1" bestanden hat und dessen Stunden während seiner Referendarzeit immer sehenswert waren. Das ist mein Mann! Der müsste eine Stunde aus dem Hut zaubern können. – Leider ist er nicht zu Hause!

Ich fasse den kühnen Entschluss, ihn am nächsten Morgen quasi mit der Videokamera in der Hand vor seiner Klassentür vor vollendete Tatsachen zu stellen.

Am nächsten Morgen treffe ich ihn wenige Minuten vor Beginn des Unterrichts im Lehrerzimmer. Er ist nicht begeistert, als ich ihm mein Vorhaben eröffne, sieht aber meine Notlage und – genau das habe ich erwartet – willigt ein. Ich baue also in Windeseile meine Kamera hinten im Klassenraum auf, und der Unterricht in einer Klasse neun beginnt. Nach etwa 35 Minuten, gerade, als die Ergebnisphase begonnen hat, fällt die Kamera wegen eines Defekts aus. Ich beeile mich, ein fast wörtliches Protokoll der letzten Minuten mitzuschreiben.

Das war's dann!

Mit schlechtem Gewissen und unter Spannung stehend fahre ich zu der Tagung. Ich habe mir diesen Videofilm, ich weiß nicht, wie oft, angesehen. Ich kenne jede Phase der Stunde auswendig. Trotz der misslichen Umstände, keine Schaustunde, ganz normal vorbereiteter Unterricht, den Lehrer kalt erwischt, keine komplette Stunde, die wichtigste Unterrichtsphase fehlt mindestens zur Hälfte, – ich finde die Stunde trotzdem ausgezeichnet, eben wie alle die Stunden, die ich von dem Kollegen bisher gesehen habe. Oder bin ich vielleicht voreingenommen, betriebsblind?

Die Tagung beginnt.

Ich bitte mir entgegen dem verabredeten Setting aus, ein paar einführende Worte zu sagen. Dem wird stattgegeben. Also schildere ich die Situation, entschuldige mich dafür, dass ich die letzten Minuten der Stunde nicht habe filmen können und bitte darum, dafür dann das ausführliche Protokoll verteilen zu dürfen.

Offenbar haben die Mitglieder der einphasigen Ausbildung den Schock der letzten Tagung und das damit verbundene Trauma noch nicht überwunden. Ich interpretiere das Lächeln auf einigen Gesichtern jedenfalls so, als müsse ich mich für die nachfolgende Kritik warm anziehen.

Nun, der Film läuft ab. Es ist mucksmäuschenstill im Tagungsraum. Dann schließlich kommt die Stelle, an der die Kamera kaputt geht. F. schaltet den Projektor aus und das Licht an. Es ist immer noch still im Raum. Ich schicke mich an, die Stille zu unterbrechen, um jedem Teilnehmer ein Exemplar des Protokolls der letzten Minuten der Stunde zu geben. F. ergreift das Wort:

„Lassen Sie mal, Herr Bürckner!"

Wieder Stille, eine lange Pause. Ich setze mich wieder. Einige Kollegen beginnen, die Stunde schriftlich zu beurteilen und zu benoten, so, wie es ursprünglich abgemacht war. Dann ergreift F. wieder das Wort:

„Ja, meine Herren (es waren nur Herren anwesend!), ich glaube, es lohnt sich nicht, jetzt diese Stunde zu benoten. Ich denke, es ist gleichgültig, ob wir nachher 15 Einsen und 5 Zweien oder 15 Zweien und 5 Einsen haben. Ich glaube, ich kann sagen, wir haben nicht gewusst, dass es solchen Unterricht gibt. Und das „Wir" ist nicht der Plural majestatis, sondern ich denke, ich kann auch für meine Kollegen sprechen."

Allgemeines Nicken. Und dann – im Gegensatz zum letzten Mal – *beginnt* die Tagung, und es folgen noch mehrere gemeinsame Tagungen mit denselben Teilnehmern.

Was sagt uns das im Hinblick auf die Frage nach der meiner Ansicht nach notwendigen Veränderung der Lehrerausbildung?

Zunächst einmal: Der Kollege, dessen Unterricht wir auf dem Videoband gesehen haben, war bereits außergewöhnlich talentiert, bevor er in meine Ausbildungsgruppe gekommen war. Und ein solch talentierter Kollege kann natürlich mit Tipps zur Optimierung von Unterricht ganz anders umgehen als ein weniger talentierter Kollege. Trotzdem: Auch weniger talentierte Lehrer können das Handwerk des Unterrichtens bis zu einem gewissen Grade erlernen, wenn sie den Mangel an Talent durch Fleiß ausgleichen. Wenn nicht, haben sie in dem Lehrerberuf nichts verloren!

Grundsätzlich ist und bleibt es dringend notwendig, dass Lehramtsstudenten so früh wie möglich mit eigenem praktischem Unterricht unter fachkundiger Anleitung konfrontiert werden. Aber dieser Teil der Ausbildung und die Beurteilung und Benotung muss in den Händen von erfahrenen und guten *Lehrern* liegen und darf nicht an der Universität angesiedelt sein. [In diesem Zusammenhang könnte man auch darüber nachdenken, ob die Methode der Vorlesung oder die des Seminarvortrags von Studenten für eine optimale akademische Ausbildung optimale Methoden sind!]

Nun kann man fragen, wie kann es sein, dass jemand, ohne das Fach studiert zu haben, schon unterrichtet? Sicher ist diese Frage berechtigt. Vermutlich ist es den meisten Lehramtskandidaten auch nicht möglich, den Unterricht in einem Leistungskurs, egal in welchem Fach, zu erteilen. Aber jeder dieser Kandidaten hat das Abitur und sollte in Zusammenarbeit mit einem Fachlehrer in der Lage sein, mindestens in den Klassenstufen 5 bis 9 zu unterrichten.

Unabhängig von organisatorischen oder versicherungstechnischen Details stelle ich mir ein Praktikum von der Länge eines Schuljahres vor, unter Aufsicht eines erfahrenen Fachlehrers, begleitet von einem Fachleiter eines Studienseminars. Am Ende dieses Jahres steht ein detailliertes Eignungsgutachten und eine

Benotung. Und dabei stehen nicht fachliche Kriterien im Vordergrund, sondern solche des Umgangs mit Jugendlichen und der Schaffung von Motivation. Vielleicht wäre auf lange Sicht zu überlegen, ob dafür die Referendarausbildung gekürzt werden könnte.

Natürlich ist eine solche Reform nicht zum Nulltarif zu haben. Aber eine an der Wurzel anpackende Veränderung, die nicht an den Symptomen herum kuriert, kostet nun einmal Geld.

Ich habe mir mal von meinem Apotheker erzählen lassen, dass jeder Student der Pharmazie *vor* Antritt des Studiums ein zweijähriges Praktikum in einer Apotheke absolvieren muss, welches er mit einem Examen abzuschließen hat. Als Fachleiter für Mathematik an einem Studienseminar habe ich fast sieben Jahre lang Studienreferendare im Fach Mathematik ausgebildet, und ich habe fast dreißigjährige Männer weinend aus dem Unterricht beziehungsweise aus dem, was sie dafür hielten, kommen sehen. Die Zeit des Weinens wäre, wenn mein Vorschlag in die Tat umgesetzt würde und wenn wir der Apothekerausbildung nacheifern würden, um einige Jahre vorverlegt und fände zu einer Zeit statt, in der es noch rechtzeitig wäre, eine unter falschen Voraussetzungen getroffene Berufswahl zu korrigieren. Es müssen ja nicht gleich *zwei* Jahre sein wie bei den Apothekern! Lehrer mit mangelndem Talent, also solche, die schon beim Eintreten in den Klassenraum einen Schrittfehler machen [Vorsicht! Metapher!], merken das innerhalb von einem Jahr ganz bestimmt selbst, auch wenn sie Meister der Verdrängung sind! Und wenn ich Dienstherr wäre, dann wäre ich sehr daran interessiert, für dieses Problem schnellstmöglich eine Lösung zu finden. Und Männer, die weinend aus dem Unterricht kommen, ergreifen ganz bestimmt nicht den Beruf des Lehrers! Frauen auch nicht!

Damit ich nicht missverstanden werde: Es ist keineswegs so, dass die Mehrheit der Lehrer schlecht beziehungsweise schlecht ausgebildet ist. Ich kann als ehemaliger Leiter eines Lehrerkollegiums von mindestens 70 Lehrern folgendes sagen:

1. Die Zeit, in denen die Klagen über die schlechten Lehrer bearbeitet werden, ohne einen Erfolg sichtbar werden zu lassen, steht in keinem akzeptablen Verhältnis zu der vergleichsweise geringen Anzahl dieser Lehrer.

2. Gelänge es, das pädagogisch schlechte Agieren besonders schlechter Lehrer bis zum Greifen eventuell neuer Ausbildungsbedingungen (s. o.!) dadurch zu ahnden, dass man diese bei geringerem Gehalt auf ein 'Abstellgleis' ohne Schülerkontakt schieben könnte [Arbeit in der Stadtbibliothek zum Beispiel], würde das vielleicht motivierend auf einige andere Lehrer wirken, und die Anzahl der schlechten Lehrer würde schon dadurch kleiner.

3. Es gibt eine Reihe von Lehrern, und das ist ganz sicher weit mehr als die Hälfte, die das Potenzial dafür haben, überdurchschnittlich gut zu sein. Allerdings resignieren viele von ihnen, weil sie immer wieder dazu 'missbraucht' werden, den Schaden, den die wirklich schlechten Lehrer angerichtet haben, wenigstens einigermaßen zu begrenzen.

Ich habe vor einiger Zeit einmal gelesen, dass es in jedem Beruf circa fünf Prozent Ungeeignete geben soll. Das würde für mein früheres Kollegium bedeuten, drei bis vier Kollegen seien ungeeignet gewesen. Und das kommt zahlenmäßig ungefähr hin.

Ich bin davon überzeugt, wären mindestens zwei Kollegen nach dem oben genannten Punkt 2 behandelt worden, hätte sich in meiner Schule eine Menge verbessert!

Und wenn sie nicht pensioniert sind, dann treiben sie noch heute ihr Unwesen! Und wenn sie bereits pensioniert sind, dann sind sie durch andere ihrer Kategorie ersetzt worden, da es bisher keine wirksame Verbesserung in der Lehrerausbildung gegeben hat.

Ein Skandal! Ein Verbrechen an der Jugend!

Schule ist nicht gleich der Menge aller Unterrichtsstunden oder gar gleich der Menge aller Gebäudeteile. Schule ist viel, viel mehr!

Schule darf es nicht egal sein, wie Schüler über sie denken. Schule muss im Gegenteil danach streben, von ihrer Klientel, den Schülern, angenommen zu werden, im Gespräch zu sein, allerdings darf das Niveau zu dem Zweck auf keinen Fall gesenkt werden. Betrachte ich aus der Sicht eines ehemaligen Vaters, eines ehemaligen Ausbilders für Mathematiklehrer, eines ehemaligen Schulleiters und eines fast noch aktuellen Schülerstiefvaters von schulpflichtigen Jugendlichen das, was als Schule angeboten wird, so kann ich mich aus vollem Herzen dem früheren Urteil meiner beiden Söhne und dem Urteil meiner drei Stiefkinder anschließen, wenn sie formulieren, „Schule ist Scheiße", und jede Möglichkeit, nicht in die Schule gehen zu müssen, genießen. Warum nicht „Schule ist geil!" statt „Schule ist Scheiße"? – Wie kann das gehen?

Erstens: Bei einem guten Lehrer kann der Unterricht so spannend sein, dass man – und das ist unabhängig vom Alter der Schüler – eine Stecknadel zu Boden fallen hört. Dafür gibt es selbst in der Schule, die ja generell erklärtermaßen „Scheiße" ist, rühmliche Beispiele. Allerdings kostet so etwas viel Talent, viel handwerkliches – gemeint ist pädagogisches – Können und viel Vorbereitung und Engagement und damit erheblich mehr Zeit, als der Lehrer hat, der um 13:00 Uhr die Kreide fallen lässt, um sich für den Rest des Tages seiner lieb gewonnenen Freizeitbeschäftigung voll zu widmen. Ich kann mich an einen meiner Referendare erinnern, der gegen den Rat aller in einer zehnten Klasse am letzten Schultag in der letzten Unterrichtsstunde vor Weihnachten eine zensierte Lehrprobe angesetzt hatte. Die Zensur lautete einstimmig „sehr gut". Alle Schüler waren begeistert. Ja, das ist grundsätzlich möglich, aber eben mit viel Talent, viel handwerklichem Können und viel Vorbereitung und Engagement.

Zweitens: Warum können nicht die Nachmittagsstunden an fünf Wochentagen dazu genutzt werden, dass Schule attraktiv ist. Die Nachfrage richtet sich nach dem Angebot, weil speziell bei Jugendlichen häufig die Nachfrage durch das Angebot überhaupt erst geweckt wird. Aber wenn sich das nachmittägliche Angebot in zwei Stunden Schulorchester und zwei Stunden Schulchor erschöpft, dann hat dieses eher den Charakter einer Nachsitzstrafe als den eines attraktiven Angebots.

Und schließlich drittens: Warum ist es nicht möglich, auch so etwas wie Party in der Schule anzubieten?

Richtig, das kostet Geld und vor allem Engagement! Geld vielleicht auch für Gehälter von Psychologen und Sozialarbeitern, das später vielleicht sowieso ausgegeben werden muss, um Jugendliche am Komasaufen zu hindern oder nach dem Komasaufen zu therapieren. In erster Linie kostet es aber Mut, Zöpfe abzuschneiden. Und am längsten ist der Zopf, der es einem Lehrer, ohne Sanktionen zu befürchten, erlaubt, seinen Beruf zum einfachen Broterwerb verkommen zu lassen und schlecht und faul zu sein.

Also: Weg mit alten Zöpfen und weg mit dem Beamtenstatus! Lasst uns Qualität von Schule daran messen, wie sehr sie von Schülern gemocht wird, wie sehr Schüler sich auf den Schulbeginn nach den Ferien freuen und wie engagiert Schüler die Bildungs- und auch Freizeitangebote von Schule nutzen. Ich bin davon überzeugt: So etwas ist möglich, ohne dass von vornherein ein niedrigeres Leistungsniveau angepeilt wird. Allerdings muss man sich an einigen Stellen in der Politik und in der Verwaltung tiefgreifende Gedanken über die radikale Veränderung der Hardware und der Software und über deren Updates machen. 'Radikal' kommt aus dem Lateinischen, 'radix' heißt 'Wurzel'. Eine 'radikale' Veränderung ist also eine solche, die an der Wuzel ansetzt.

Ich habe mir immer wieder die Fragen gestellt: Wie sieht da nur die Zukunft aus? Gibt es noch Möglichkeiten der Reanimation? Oder sollten wir besser die Apparate abstellen, die einzig und allein noch dafür sorgen, dass der 'Patient' Schule weiter dahin siecht? Und falls eine Reanimation sinnvoll ist und auch gelingt, gibt es dann so etwas wie eine Heilung? Oder ist ein Dahinsiechen unausweichlich?

Ich bin davon überzeugt, dass das marode System Schule durch jahrelanges Kurieren an den Symptomen noch lange am Leben oder besser am Siechen gehalten werden kann. Ohne dass mal einer den Mut hat, die Apparate wirklich abzustellen und damit den Tod einzuleiten, wird nichts geschehen. Generationen von Jugendlichen werden immer mehr um einen nicht unwesentlichen Teil ihres Lebensglücks betrogen, nämlich um das Abenteuer, Bildung zu erwerben und statt einer von Langeweile und Frustration geprägten Jugend eine ausgefüllte und schöne Schulzeit zu erleben.

Generationen von Schulmännern ist es im Gegenteil in mühelosem Verhaltenstraining gelungen, das Image von Schule langsam aber sicher zu demontieren, und zwar durch ein Verhalten, welches dem Klienten, dem Schüler, immer weniger Achtung entgegen bringt und sich seinen Wünschen immer mehr entgegen stellt. Im Laufe der Zeit hat sich in die Seelen der meisten Menschen geradezu eingebrannt, dass sie sich in der Schule keineswegs aufgehoben oder gar glücklich gefühlt haben, sondern sich gar einer gewissen aus einer vermeintlichen Allmacht resultierenden Willkür ausgesetzt gefühlt haben, der sie nichts entgegen zu setzen hatten.

Ein besonders eklatantes Beispiel:

Eine Freundin meiner Stieftochter zeigt mir ihre Klassenarbeit in Mathematik. Ich mache sie darauf aufmerksam, dass dem Lehrer bei der Korrektur ein Fehler unterlaufen sei. Die Aufgabe 2 sei von ihr richtig gelöst worden. Allerdings habe sie keinen Punkt dafür bekommen. Sie stimmt mir zu, sagt aber gleichzeitig, dass sie diese Sache auf keinen Fall reklamieren werde, weil sie sonst „bis in die Steinzeit verschissen habe", was wohl heißen soll, dass sie befürchtet, bei dem Lehrer kein Bein mehr an die Erde zu bekommen. Auch die Tatsache, dass sie eine Zwei statt einer Drei verdient habe, lasse sie ungerührt. Ihr reiche die Drei. Sie habe lediglich wissen wollen, ob sie die Aufgabe nun richtig gelöst habe oder nicht.

Ich widerspreche natürlich, weil ich mir so etwas nicht vorstellen will. Aber sie schildert mir glaubhaft zwei Beispiele von Schülern, die nach einer ähnlichen Geschichte von dem Lehrer regelrecht drangsaliert und gemobbt worden seien.

Was für eine Erziehung ist das? Ist das die Erziehung zum mündigen Bürger, die wenigstens in der Präambel von Schulgesetzen beziehungsweise Richtlinien gefordert wird, oder ist das die Erziehung zum Duckmäuser, der die Faust in der Hosentasche ballt und seine Verletzung und seinen Groll hinunter schluckt oder möglicherweise an anderen auslässt?

Die Tatsache, dass sich bereits vor Jahren bis zu Schulanfängern herumgesprochen hatte, dass Schule eben Scheiße ist, will ich an folgendem Beispiel belegen:

Ich habe, wie ich bereits oben gesagt habe, zwei Söhne. Diese liegen altersmäßig sieben Jahre auseinander. Dem Ältesten ist es im Jahre 1967 wie vielen gleichaltrigen Kindern ergangen: Er hat die Zeit nicht abwarten können, bis er endlich Erstklässler wurde. Immer, wenn im Familienkreis oder im Freundeskreis die Rede auf Schule gekommen ist, haben seine Augen geleuchtet. Das hat auch während des ersten Schulhalbjahres angehalten. Dann ganz allmählich ist er in eine neue Phase eingetreten, die interessant zu beobachten gewesen ist: Immer wenn ihn jemand nach seiner Meinung über Schule gefragt hat, haben seine Augen geleuchtet, aber sein Mund hat etwas Abfälliges gesagt. Eine klassische Inkongruenz zwischen seiner Körpersprache und dem, was er verbal dazu abgesetzt hat. Und das hat daran gelegen, dass er durch die Reaktion von älteren Schülern und auch Erwachsenen gelernt hatte, dass es keineswegs ′in′ war (heute würde man cool sagen), Schule gut zu finden. Und das Schlimmste, was einem Schüler generell, aber erst recht einem Schüler der ersten Klasse hätte passieren können, war, nicht in zu sein, obwohl für ihn Schule immer noch toll war. Eine Korrektur seiner Körpersprache erfolgte erst sehr viel später.

Sein jüngerer Bruder ist sieben Jahre später zur Schule gekommen. Sein Problem hat sich folgendermaßen dargestellt: Natürlich hat auch er sich auf die Einschulung gefreut. Aber er war vorher schon sieben Jahre lang durch die harte Schule seines Bruders gegangen und hatte trotz aller Freude auf die Schule sehr früh gelernt, dass Schule eben „Scheiße" zu sein hat. So hat er stereotyp auf die Frage „Na, freust Du Dich auf die Schule?" mit dem mit leuchtenden Augen und allen körpersprachlichen Zeichen höchster freudiger Erwartung vorgetragenen Satz „Nee! Schule ist doch blöd!" geantwortet.

Damals haben wir, meine Frau und ich, es als einen erzieherischen Erfolg betrachtet, dass er das Wort „Scheiße" vermieden hat, ohne die eigentliche Tragweite der Aussage angesichts der Inkongruenz mit der Körpersprache selbst zu überblicken und zur Diskussion zu stellen.

Die oben beschriebene Erfahrung mit meinem ältesten Sohn habe ich im Jahre 1967 gemacht. Das ist also schon ziemlich lange her, seit Schule dieses schlimme Image hat. Und nichts hat sich verbessert. Eher das Gegenteil ist der Fall.

Aber vor 1967 war doch sicher noch alles in Ordnung mit der Schule, oder?

Nein! Und noch einmal nein! Nur, dass es damals noch kein Schulgesetz gegeben hat, in dessen Präambel so ein 'Unsinn' wie die 'Erziehung zu mündigen Bürgern' gestanden hat und die Volljährigkeit erst mit dem einundzwanzigsten Lebensjahr erreicht wurde!

Das Beispiel meines verbalen terroristischen Staatsstreichs im Abituraufsatz – ich habe angeblich eine staatsgefährdende Aussage geschrieben, die ich 'sofort' zurücknehmen sollte – habe ich ausführlich in meinem Büchlein „Der Junge von nebenan – Die wundersame Entwicklung vom Prügelknaben zum Demokraten" [ISBN 978-3-86850-922-9], Seite 53 ff, beschrieben. Deshalb beschränke ich mich hier auf das Resümee:

Mein Abitur ist von der Schulleitung als eine beabsichtigte Demonstration der Allmacht von Schule einem einzigen Schüler, nämlich mir, gegenüber, aber auch als eine eindrucksvolle Demonstration des Ausgeliefertseins eines Schülers dieser Allmacht, und schließlich bei genauerem Hinsehen auch als eine eindrucksvolle Demonstration des sich Blamierens der in dem System Schule beschäftigten Jasager missbraucht worden, die man gemeinhin zu Hauf unter den Beamten findet!

Die Situation meines Abiturs ist mir später öfter durch den Kopf gegangen, als ich selbst Lehrer war, und noch später, als ich selbst Schulleiter war. Unglaublich! Zynisch! Menschenverachtend! Und keiner der offenbar als Makulatur anwesenden Kollegen hat dem grausamen Spiel Einhalt geboten! – Eines der wenigen Ereignisse, bei denen ich sage: 'Das wäre mir als Lehrer nicht passiert!'

Was sind das für Zustände gewesen! Und bitte, noch einmal zur Erinnerung: Das hat sich nicht etwa zur Zeit Bismarcks oder im Dreißigjährigen Krieg abgespielt, sondern Ende der fünfziger Jahre des zwanzigsten Jahrhunderts!

Ich habe es oben schon einmal angedeutet: Schule ist ein System, auf deren Fahnen die Erziehung der Jugendlichen zu mündigen Bürgern einer Demokratie geschrieben worden ist. Ich hege in diesem Zusammenhang viele Zweifel: Zwar kann dieses Ziel in einem durch Rechts- und Verwaltungsvorschriften definierten Raum erreicht werden, allerdings nicht, wenn Eigenverantwortung und Selbständigkeit im Gegensatz zu Jasagertum und Untertanenmentalität offenbar keine erstrebenswerten Ziele darstellen! Wie können innerhalb einer starren Hierarchie, die durch nichts zu rechtfertigen ist als durch die immer wieder Geltung findenden 'Parkinsonschen Gesetze', Lehrer, die hinsichtlich ihrer wohl definierten Rechte und Pflichten weitgehend ahnungslos sind, Jugendliche auch nur halbwegs erfolgreich zu mündigen Demokraten erziehen? Und nicht nur zu Demokraten aus Trotz gegenüber der 'Obrigkeit', sondern zu Demokraten aus Überzeugung, weil sie sich selbst im Rahmen einer demokratischen Gesetzgebung sicher bewegen können und sich nicht zu Papageien der Vorgesetzten degradieren lassen!
Ich kann wohl sagen, ich habe ganz unten angefangen: Als Angestellter im Schuldienst nach dem ersten aber ohne zweites

Staatsexamen bin ich als fünftes Rad am Wagen immer wieder daran erinnert worden, dass ich zu gehorchen hätte und keinerlei eigenmächtige Entscheidung zu treffen hätte, auch nicht im methodischen oder didaktischen Bereich, die einem Lehrer erlaubt sind.

Nach dem ersten Staatsexamen habe ich eigentlich erst einmal ein paar Tage ausspannen wollen, als ich total erschöpft aus der letzten Staatsprüfung gewankt bin. Aber das Wort 'ausspannen' gab es in meinem Vokabular nicht. Während der letzten Jahre meines Studiums, nachdem ich die beiden ersten Semester – ich bekenne es freimütig – 'verbummelt' habe, habe ich mich wie ein Hamster in der Tretmühle gefühlt. Ausspannen habe ich verlernt gehabt. Wenn ich nicht studiert habe, habe ich für Geld gearbeitet. Wenn ich nicht für Geld gearbeitet habe, habe ich studiert.

Nicht einmal nach bestandener Staatsprüfung habe ich ausspannen können. Das, was die meisten Studenten nach ihrem Examen erst einmal gemacht haben, nämlich sich kräftig zu besaufen, habe ich auch nicht gekonnt. Erstens bin ich wegen des fehlenden Trainings nach einem Bier bereits nicht mehr Herr meiner Sinne gewesen, und zweitens bin ich nach einem richtigen Besäufnis mindestens drei Tage krank gewesen.

Also habe ich mich schnellstens um einen Job als Lehrer ohne zweites Staatsexamen gekümmert. Stellen hat es wegen des Lehrermangels viele geben.

Schon am nächsten Tag, dem ersten Schultag nach den Sommerferien, habe ich an einem kleinen Gymnasium in der Lüneburger Heide angefangen.

„Willkommen in der Lüneburger Heide!" hat mir der Schulleiter entgegen gerufen, als ich die Schule betreten habe, und sein Händeschütteln hat mich an den Rand einer Gehirnerschütterung gebracht. Er hatte mir 24 Wochenstunden Mathematikunterricht zugeteilt. Ich hatte acht Klassen. In jeder dieser Klassen ist der Mathematikunterricht von vier auf drei Stunden pro Woche gekürzt gewesen. Drei mal acht ist bekanntlich vierundzwanzig. Die fünfundzwanzigste Wochenstunde – so viele Stunden hat ein Gymnasiallehrer damals in der Woche unterrichten müssen – hatte er mir geschenkt.

Ich bin froh gewesen: Ich habe einen Job gehabt, in dem ich gutes Geld verdient habe. Das war auch nötig, denn ich hatte in den letzten beiden Semestern vor dem Examen kein Geld mehr verdienen können. Und so hatte ich Schulden machen müssen.

Ich habe nicht nur einen Job gehabt, ich hatte einen Beruf, in dem ich mich wohl fühlte. Der Umgang mit Schülern hat mir Freude bereitet. Ich habe mich jeden Tag auf den Unterricht gefreut. Ich bin aufgeblüht. Dabei hat es keine Rolle gespielt, dass ich in diesem einen Schuljahr sehr viel mehr gearbeitet habe als zu meinem Staatsexamen, und das ist weiß Gott nicht wenig gewesen! – Wieso? Nun, ich hatte Mathematik studiert, meine Examensarbeit hatte ich über Riemann'sche Flächen und singuläre Stellen von komplexen Funktionen geschrieben. Aber ich hatte keinen blassen Schimmer, wie ich den Kindern beispielsweise die Strahlensätze beibringen sollte. Die gesamte Schulmathematik hatte ich zwar während meiner eigenen Schulzeit durchgenommen, aber eben nur da, und das noch zum Teil schlecht! Aber danach während des Studiums habe ich nur die sogenannte höhere Mathematik betreiben müssen. Ich habe natürlich auch keine Ahnung von mathematischer Didaktik und Methodik gehabt und keinerlei Erfahrung im Konzipieren und Korrigieren von Klassenarbeiten. Aber, es hat mir Spaß gemacht zu unterrichten, und das hat die langen arbeitsreichen Nächte in den Hintergrund treten lassen.

Ich habe plötzlich gewusst, warum ich Lehrer geworden war: Ich habe es unter allen Umständen besser machen wollen als meine eigenen Lehrer, jedenfalls als die meisten! Und ich habe plötzlich gewusst, dass ich den richtigen Beruf gewählt hatte! Zwar hat sich allmählich auch die Erkenntnis eingeschlichen, dass ich noch eine Menge zu lernen hatte, aber diesen Gedanken habe ich zunächst beiseite geschoben. Ich war Lehrer, ich habe Geld verdient, mir hat mein Beruf Spaß bereitet, und den Rückmeldungen nach zu urteilen, den Schülern auch! – Was wollte ich mehr!

Apropos Rückmeldungen: Im Laufe dieses Jahres habe ich ganz allmählich gemerkt, an was für eine Schule ich gekommen war. Sie ist ursprünglich nach dem Krieg als Privatschule gegründet und dann vom Land Niedersachsen übernommen worden, eine sehr kleine Schule, deren Schulleiter sich heraus nahm, über alles zu entscheiden, und zwar völlig unabhängig von geltenden Rechts- und Verwaltungsvorschriften. Sein Vertreter und der Personalrat waren Marionetten. Alles musste so bleiben, wie es war und wie es der Schulleiter für gut befunden hatte. Jeder Versuch, etwas zu verändern, ist kläglich an seinem Veto gescheitert. Ganz bestimmt nicht eine Schule, wie ich sie mir gewünscht hatte! Trotzdem: Ich hatte einen tollen Beruf. Und die Schüler haben mir die Rückmeldung gegeben, dass sie meinen Unterricht und mein Sosein als Lehrer gemocht haben.

Und dann hat das Unglück seinen Lauf genommen: Die Schüler haben mich zum Vertrauenslehrer gewählt und mit viel Engagement eine Schülerzeitung gegründet mit mir als betreuendem Lehrer.

Die Schülerzeitung ist sofort und über meinen Kopf und den der Schüler hinweg vom Schulleiter verboten worden, bevor überhaupt die erste Ausgabe fertig konzipiert gewesen ist. Die

Schüler hatten das vorausgesehen. Ich nicht. Ich habe mir das nicht vorstellen können, denn Schülerzeitungen sind, natürlich unter gewissen Bedingungen, die wir natürlich ausnahmslos eingehalten haben, im Schulrecht ausdrücklich erwünscht gewesen und konnten und durften nicht generell vom Schulleiter verboten werden.

Ich habe natürlich zunächst versucht, im Rahmen eines Gentlemen Agreement das Einverständnis des Schulleiters zu bekommen. Ich habe das Gespräch gesucht und versprochen, jeden Artikel vor dem Druck mit ihm abzusprechen, ich habe also eine Reihe von Zugeständnissen gemacht. Ohne Erfolg! Für das Zustandekommen eines Gentlemen Agreements müssen eben *beide* Seiten Gentlemen sein! Ich habe schließlich den Eindruck gehabt, je mehr Zugeständnisse ich gemacht habe, desto härter ist die Front auf der Seite des Schulleiters geworden. Als ich ihn dann schließlich auf das geltende Schulrecht aufmerksam gemacht habe, ist es ganz aus gewesen. Er hat sich gebärdet, als hätte ich ihm mitgeteilt, es fände unter meiner Führung eine feindliche Übernahme der Schulleitung statt. Er hat sich gebärdet, als sei er noch nicht ganz sicher, ob er mich standrechtlich erschießen lassen wolle oder selbst lieber auf der Stelle am Herzinfarkt stürbe. Als ich dann das Anliegen der Schüler, eine Schülerzeitung zu gründen, auf der Gesamtkonferenz vorgetragen habe, ist es um den Arbeitsfrieden an diesem Gymnasium geschehen gewesen. Natürlich ist dieser Punkt gar nicht erst diskutiert und die Schülerzeitung auf der Gesamtkonferenz vom Schulleiter verboten worden.

Ich habe mir dann erlaubt, dieses in einem Schreiben an die zuständige Bezirksregierung zu berichten. Ich habe darauf hingewiesen, dass die Gründung natürlich unter strenger Einhaltung der einschlägigen Vorschriften unabhängig vom Verbot des Schulleiters erfolgt sei. Selbstverständlich würden wir die erste Ausgabe (natürlich auch die folgenden) dem Schulleiter zur Genehmigung vorlegen. Sollte sie allerdings nicht genehmigt werden, davon gingen wir unter den gegebenen Umständen aus, würde sie unter meiner Leitung und Aufsicht und unter strenger Beachtung des Schulgesetzes außerhalb des Schulgeländes verteilt werden.

Das bedeutete Krieg! Die Zeitung ist verboten worden. Also ist sie außerhalb des Schulgeländes verteilt worden, mit der nachträglich aufgedruckten Headline: „Vom Schulleiter verboten!" und mit einem sehr moderaten Artikel von mir, in welchem ich es sehr bedauert habe, dass das Verhältnis zwischen Schulleiter und Schülerzeitung so gespannt sei. Gleichwohl gäben wir die Hoffnung auf eine Entspannung nicht auf.

Jedes im Folgenden stattfindende Gespräch zwischen dem Schulleiter und mir ist damit geendet, dass ich es abgebrochen habe, weil ich mich nicht habe anschreien und beleidigen lassen wollen. Der Personalratsvorsitzende, eine Marionette des Schulleiters, hat es abgelehnt, in diesem Fall schlichtend tätig zu werden.

Die Dezernentin ist aus Hannover angereist. Sie hat zum großen Ärger des Schulleiters, ob sie wollte oder nicht, feststellen müssen, dass ich mir nichts zu Schulden kommen lassen hatte. Dennoch hat sie an mich appelliert, es mache grundsätzlich einen schlechten Eindruck, wenn ein junger Kollege, zudem noch ein nicht voll ausgebildeter (ich hatte ja kein zweites Staatsexamen!), Schwierigkeiten mit seinem Schulleiter habe.

So lief das also in unserem Rechtsstaat: Es gab ein nach Alter und Ausbildung gestaffeltes Rechtssystem. Die geltenden Vorschriften konnten problemlos außer Acht gelassen werden, um einen jungen und nicht voll ausgebildeten Kollegen zu disziplinieren. Hauptsache es blieb alles, wie es war, und die jungen Kollegen gehorchten den älteren, und die älteren dem Schulleiter! Das habe ich nicht gewusst, als ich an diesem Gymnasium anfing.

Ist das nun nur an diesem Gymnasium so gewesen? Oder hat dieses Gymnasium als Variable für alle Gymnasien gestanden? Aber das habe ich mir beim besten Willen nicht vorstellen können. Immerhin hatten wir bereits seit über zwanzig Jahren einen Rechtsstaat! Das hatte sich offenbar zu diesem Gymnasium noch nicht herumgesprochen. Aber die Dezernentin kam nicht aus dem Standort dieses Gymnasiums, sondern aus Hannover. Sie hatte gute Miene zu dem inszenierten Spiel gemacht, obwohl sie hat zugeben müssen, dass ich mir nichts habe zuschulden kommen lassen und dass ich im Sinne der einschlägigen Rechts- und Verwaltungsvorschriften gehandelt habe. Aber genau da hat der sogenannte Knackpunkt gelegen: Sie hat das zugeben *müssen*! Sie hat es nur widerwillig zugegeben, hat aber ganz anders argumentiert. Das hätte mir zu denken geben müssen.

Aus heutiger Sicht betrachtet: Was ist die Schule wert, die auf dem Papier mit schönen Worten beschrieben ist, die aber real nicht existiert? Wie haben die Schüler zu mündigen Bürgern einer Demokratie erzogen werden können, wenn die Erzieher, nämlich die Lehrer und der Schulleiter, alles Andere getan haben, als zur Demokratie zu erziehen? Sicher waren sie selbst auch nicht demokratisch erzogen worden. Aber die Frage ist: Was ist dann die auf dem Papier beschriebene Demokratie wert? – Aber ist es erlaubt gewesen, von dem Spezialbeispiel dieses einen Gymnasiums auf alle Gymnasien in Niedersachsen oder gar in der Bundesrepublik zu verallgemeinern?

Der Vollständigkeit halber sei angefügt:

- Die erste Ausgabe der Schülerzeitung ist vom Schulleiter verboten und folglich unter meiner Aufsicht nach Schulschluss vor dem Schulgelände verkauft worden. Sie ist nach einer Viertelstunde vergriffen gewesen.
- Ein Exemplar habe ich der Dezernentin geschickt, damit sie sich ein Bild hat machen können, was für einen Schulleiter das Gymnasium hatte und welch ein „Querulant" ich war.
- Einer zweiten Ausgabe ist es ähnlich ergangen.
- Eine dritte Ausgabe hat es nicht mehr gegeben. Weshalb? Ich kündigte meine Anstellung als Lehrer ohne zweites Staatsexamen und trat meinen Referendarsdienst an. Kein Kollege aus dem Kollegium hat sich bereit erklärt, die Betreuung der Schülerzeitung zu übernehmen.

Eines ist mir im Angesicht dieses Falles klar geworden: Ich wollte Schule mit gestalten, mindestens aber mitreden können, auf keinen Fall aber von vornherein durch meine nicht qualifizierte Ausbildung zum Mitläufer und Jasager degradiert sein. Wieweit das möglich sein würde, ist mir zu dem Zeitpunkt nicht klar gewesen. Aber dass es mir so auf keinen Fall möglich war, hatte ich verstanden, denn ich war, das hatte mir die Dezernentin deutlich zu verstehen gegeben, ohne zweites Staatsexamen nur fünftes Rad am Wagen. Ich musste in den sauren Apfel beißen und das Referendariat machen. Zwar war ich dann noch immer ein junger Kollege, aber das Problem des Alters regelte sich ja im Laufe der Zeit von selbst.

Was mich als nächstes erwartet hat, ist das Referendariat in einem Studienseminar, an dem nicht ein einziger mir bekannter Kollege ein gutes Haar gelassen hat.
Auch hier hat es merkwürdige Strukturen gegeben: Es hat sich als offenes Geheimnis dargestellt, dass es Ausbilder, Fachleiter

genannt, gegeben hat, die ungeniert davon geredet haben, dass die Referendarzeit dazu da sei, dem Referendar das aufgesetzte studentisch-freiheitliche Gehabe abzugewöhnen, um ihn dann wieder neu als Beamter aufzubauen. Konflikte zwischen Referendaren und Fachleiter sind stets so gelöst worden, dass ein Gespräch mit dem Seminarleiter geführt worden ist, welches wohl mehr einer Abkanzelung geglichen hat, an dessen Ende (fast?) immer eine Entschuldigung seitens des Referendars zu stehen hatte. Und wenn das alles nicht half, dann hatte der Seminarleiter in einem Vier-Augen-Gespräch durchblicken lassen, dass es so nicht einfach sei, das Examen zu bestehen.

Institutionen wie zum Beispiel einen Sprecher der Referendare oder gar einen Personalrat hat es nicht gegeben.

Das hat mich dazu veranlasst, ein halbes Jahr meiner zweijährigen Ausbildungszeit für die Einrichtung von Personalräten in mehreren niedersächsischen Studienseminaren zu investieren. Mein Seminarleiter hat mein Vorhaben, von dem ich ihn natürlich in Kenntnis gesetzt habe, mit dem markigen Satz kommentiert: „Nur über meine Leiche!" Allerdings ist er von dem Vorhaben, Selbstmord zu begehen, offenbar doch abgerückt, obwohl es kurze Zeit später einen nach den geltenden Rechts- und Verwaltungsvorschriften gewählten Personalrat mit mir als Vorsitzenden gegeben hat.

In meiner Eigenschaft als gewählter Personalrat allerdings bin ich des Öfteren mit mir selbst in Konflikt geraten, weil ich als solcher häufig die Gelegenheit gehabt habe, über Verhaltensweisen von Referendaren nachzudenken, die ich auch für unangemessen gehalten habe. Das hat mich veranlasst, in meinem Studienseminar, eine Umfrage unter den Referendaren zu machen, um etwas über ihre Einstellung zu der Ausbildung zu erfahren. Ich habe ja diese Ausbildung nun aus eigener Erfahrung gekannt, und ich habe gewusst, dass es mindestens einen

Referendar gab, nämlich mich, der seine eigene Ausbildung trotz einiger Schwierigkeiten oder Unzulänglichkeiten durchaus noch mit der Gesamtnote „gut" zensierte, wenngleich ich vieles für verbesserungswürdig gehalten habe.

Das Ergebnis: Von 62 befragten Referendaren haben sich 12 vorwiegend positiv geäußert, der Rest eindeutig negativ. Da ich diese Befragungen alle mündlich (mit handschriftlichen Notizen) durchgeführt habe, bin ich der einzige gewesen, der gewusst hat, wer was gesagt hatte. Und das ist für mich das Interessanteste an dieser Befragung gewesen.

Auf ausnahmslos alle 12 Referendare, die ihre Referendarzeit vorwiegend positiv beurteilt haben, traf nach meiner Einschätzung folgendes zu:

- Sie haben im nicht pädagogischen, mehr organisatorischen Bereich keinen Anlass zur Kritik gegeben. Das heißt:
  o Sie sind zu ihren dienstlichen Veranstaltungen immer pünktlich gekommen.
  o Sie haben an ihren Ausbildungsschulen als zuverlässig, hilfs- und lernbereit gegolten.
  o Sie haben innerhalb des Seminars die ihnen aufgetragenen Arbeiten zuverlässig, kritisch und in der jeweils vorgeschriebenen Zeit erledigt.
- Sie haben als talentierte und zuverlässige Lehrer gegolten.
- Sie haben sich kritisch (d. h. durchaus auch kontrovers) an den Ausbildungsveranstaltungen des Seminars beteiligt und haben nicht als „Befehlsempfänger" oder „Schleimer" gegolten.

Die Verbleibenden etwa 80 % der Referendare haben – besonders in den oben genannten Bereichen – eine Reihe von Defiziten gezeigt, die sich unter den folgenden Rubriken zusammenfassen lassen:

- Sie sind zuweilen bis häufig zu spät oder auch manchmal gar nicht zum Unterricht gekommen, so dass der betreuende Fachlehrer für den betreffenden Referendar den Unterricht unvorbereitet hat halten müssen.
- Sie haben unangemessen häufig in Ausbildungsveranstaltungen gefehlt.
- Sie haben die vorgeschriebene Anzahl von Klassenarbeiten im eigenverantwortlichen Unterricht nicht eingehalten.
- Sie haben sich für die Korrektur von Klassenarbeiten unverhältnismäßig viel Zeit genommen.
- Sie haben ausgesprochen ungern oder gar nicht Vertretungs-unterricht in ihren Ausbildungsklassen übernommen.
- Sie haben sich geweigert, an Klassenfahrten oder Schullandheimaufenthalten teilzunehmen.
- Sie haben mit Kritik an ihrem dienstlichen Verhalten schlecht umgehen können und zuweilen emotional unangemessen reagiert. Sie haben sich aber angepasst, sobald ein wirklicher Konflikt drohte.
- Sie haben sich selten oder gar nicht an den Diskussionen in den Ausbildungsveranstaltungen beteiligt und körpersprachlich ihr Desinteresse gezeigt.
- Aufgaben im Rahmen ihrer Ausbildung haben sie im Allgemeinen widerspruchslos bearbeitet, auch dann, wenn sie deren Sinn nicht eingesehen haben, haben diese aber dann mit Unlust und häufig nicht zufriedenstellend bearbeitet.

Und das sind etwa 80 % gewesen! Also die große Mehrheit! – Damit wir uns nicht missverstehen: Nicht alle 50 Referendare, die nicht zur ersten Gruppe gehört haben, haben alle oben aufgeführten Defizite gehabt, aber jeder hatte eines oder mehrere Defizite. Und wie kann bitte eine Schule gut funktionieren, wenn die oben beschriebenen Defizite auf etwa 80 % des Lehrpersonals verteilt würden? Andererseits muss sich das Studienseminar die Frage gefallen lassen: Was hat es getan, diesen Missständen zu begegnen?

Nun will ich mich nicht auf die 80% festlegen. Meine Umfrage war gewiss nicht repräsentativ. Es ist auch völlig irrelevant, ob es in der einen Schule vielleicht 80 %, in der anderen vielleicht nur 60 % sind. Aber wichtig ist: Diese Lehrer sind es, und es sind nicht wenige, die nicht nur das Image von Schule verderben, sondern auch den Erfolg. Und wenn ich von Erfolg rede, dann meine ich nicht nur den messbaren Erfolg in der Schülerleistung, sondern auch den Erfolg in den Köpfen bzw. in den Seelen der Schüler, der sich widerspiegelt in Achtung haben, Respekt und keine Angst zeigen, gern mögen, lernbereit sein, sich angenommen fühlen, sich fair behandelt fühlen, der sich aber auch widerspiegelt in einer stets wachsenden Kultur im zugleich kritischen und freundlichen Umgang miteinander. Alles Lehrziele, die es völlig unabhängig von Mathematik, Deutsch, Englisch oder Erdkunde zu erreichen gilt! Auch und gerade an der Erreichung dieser Ziele muss sich der Erfolg jeder einzelnen Unterrichtsstunde in der Schule messen lassen! Über die Ausbildung der Schüler gibt es bereits ähnliche Gedanken, die allerding meist nur in Präambeln von Lehrplänen schriftlich festgelegt werden. Über die Ausbildung von Lehrern gibt es sie meines Wissens nicht. Und wie nötig wären sie!

Ein Indikator für den Erfolg einer Stunde – und das vergessen die meisten Lehrer – ist der „volle Mund". Was meine ich damit? – Wenn manch ein Lehrer hörte, was die Schüler zu Hause beim Mittagessen mit vollem Mund „abladen", wie despektierlich, wie abwertend und respektlos, ja wie beleidigend sie sich über manche Lehrer und ihr Verhalten im Unterricht und über Schule allgemein äußern, dann ... – Ja, was wäre dann eigentlich? Und wäre auch nur ein Viertel davon wahr – und ich bin davon überzeugt, es ist mehr als ein Viertel wahr –, dann wäre es um Deutschlands Schulen schlecht bestellt. Ergo: Es *i s t* um Deutschlands Schulen schlecht bestellt!

Um nicht missverstanden zu werden, sage ich noch einmal: Es gibt eine ganze Menge sehr guter Lehrer. Und selbst ein guter Lehrer macht mal einen Fehler oder hat mal einen schlechten Tag. Das ist mit der oben geübten Kritik nicht gemeint. Übrigens nach guten Lehrern befragt, bekommt man auch gewöhnlich mit vollem Mund mit leuchtenden Augen positive Auskünfte. Aber die werden, das ist die Realität, von despektierlichen und unversöhnlichen Äußerungen über die anderen Lehrer überlagert. Man muss erst danach fragen, um eine solche positive Auskunft zu bekommen, während die anderen, die negativen Auskünfte, von selbst herausprudeln und Schule quasi definieren. Wenn ein guter Lehrer mal einen schlechten Tag hat, dann klingt die Kritik an ihm gewöhnlich ganz anders, nicht beleidigend, nicht ohne Respekt oder ohne Achtung und keinesfalls unversöhnlich.

Bei der intensiv geführten Diskussion um das schlechte Abschneiden deutscher Schüler im internationalen Vergleich habe ich noch nicht ein Argument gehört, was an der L e h r e r - Ausbildung verändert werden muss, um die Leistungen und das Verhalten der S c h ü l e r zu verbessern.

Im Gegensatz zu vielen meiner Kollegen habe ich meine Referendarzeit genossen. Ich habe meinen Teil dazu getan, in meinem Umfeld bestimmte Strukturen zu verändern, und ich habe viel gelernt, nicht zuletzt deshalb, weil ich es eingefordert habe.

Vor allen Dingen habe ich gelernt, dass mein Ausbildungsziel nicht das Bestehen des zweiten Staatsexamens ist, sondern Erfolg bis zum Erreichen der Pensionsgrenze!

Nach der Referendarzeit habe ich an einem großen Gymnasium (circa 2000 Schüler) unterrichtet und den Schulalltag kennen gelernt, ohne dass ich fünftes Rad am Wagen war. Das erste, was mir sowohl von der Schulleitung als auch von den älteren Fachkollegen klar gemacht worden ist, lässt sich etwa folgendermaßen zusammenfassen: Ich solle man erst einmal alles vergessen, was man mir am Studienseminar beigebracht habe, und mich daran orientieren, wie Schule die letzten Jahrzehnte funktioniert habe. Schließlich sei es schon immer so gewesen, dass ein junger Kollege von den älteren Kollegen erst einmal zu lernen gehabt habe. Im Zweifelsfall solle der junge Kollege immer erst einen älteren Kollegen oder den Chef fragen, bevor er selbst eine Entscheidung träfe.

Ich denke, es ist nicht schwer, sich vorzustellen, wie unwohl ich mich gefühlt habe. So ist es zu verstehen, dass ich mich nach einem guten Jahr, nachdem ich wegen meiner guten Zensur im zweiten Staatsexamen zum lebenslänglichen Beamten befördert worden bin, für den Auslandsschuldienst beworben habe. Ich habe dann vier Jahre an der Deutschen Evangelischen Oberschule in Kairo unterrichtet. Darüber habe ich in meinem Büchlein „Erlebnisse, Eindrücke, Emotionen als Lehrer in Ägypten – Ein Blick zurück ohne Zorn" [ISBN 9 783839 102930] ausführlich berichtet.

Als ich nach vier Jahren zurück nach Niedersachsen gekommen bin – die Kulturhoheit liegt in Deutschland ja auf dem Lande, wie es einmal ein Kabarettist karikiert hat –, habe ich mich, nachdem meine ersten beiden Disziplinarverfahren zu meinen Gunsten ausgegangen waren, mit Erfolg als Fachleiter an ein Studienseminar beworben. Dort habe ich sechseinhalb Jahre

Studienreferendare im Fach Mathematik ausgebildet. Danach bin ich zum Leiter eines Gymnasiums befördert worden.

Doch halt! – Nicht so schnell! Was hat es mit den Disziplinarverfahren auf sich gehabt? Ich denke, auch sie werfen ein Schlaglicht auf das Image von Schule.

Ich unterrichtete u. a. eine sechste Klasse in Mathematik, die ich am Anfang des Schuljahres neu übernommen hatte. Bei meinem Vorgänger war es üblich, dass die Schüler – es waren in jeder Stunde mindestens zehn – keine Hausaufgaben gemacht oder diese unvollständig angefertigt hatten. Einige davon hatte er manchmal erwischt, wenn er ausnahmsweise die Hausaufgaben etwas sorgfältiger als gewöhnlich kontrolliert hatte. Und was war dann passiert? Nichts. Er hatte dann immer geradezu liebevoll gesagt: „Das nächste Mal musst Du aber die Hausaufgaben machen, mein Junge (oder mein Mädchen)!" Und das war es dann!

Ich habe mir das etwa zwei Wochen mit angesehen. Dann habe ich mit den Schülern eine ganze Mathematikstunde eine Metakommunikation (wie ich es nannte und auch den Schülern erklärte) veranstaltet: 'Was können wir tun, damit das anders wird'?

Zunächst einmal habe ich den Schülern ausführlich erklärt, welchen Sinn Hausaufgaben haben und dass ich größten Wert darauf lege, dass sie gemacht werden. Wir haben dann alle Möglichkeiten des guten Zuredens und disziplinarischer Maßnahmen durchdiskutiert. Das Fazit war: Der Kollege des letzten Schuljahres wurde von den Schülern nicht ernst genommen, ja sogar verlacht. Auch Klassenbucheinträge der Art, 'Thorsten hat keine Hausaufgaben', seien kein Mittel. Der einzige Klassenbucheintrag, der überhaupt noch zähle, sei ein Eintrag wegen Täuschungsversuchs. So die Kinder in einer sehr ernsthaft und wahrhaftig geführten Metakommunikationsstunde! Ich habe die Stunde dann mit der Ankündigung beendet, dass ich mir bis zum nächsten Mal etwas in diesem Zusammenhang Hilfreiches ausdenken würde.

In der folgenden Mathematikstunde habe ich folgende „Goldene Regeln" bekannt gegeben und sie per Hektographie verteilt:

„Mit Beginn der nächsten Mathematikstunde gilt:
Alle für die nächste Stunde aufgegebenen Mathematik-Hausaufgaben stehen am Ende jeder Mathematikstunde als Aufgabestellung an der Tafel, und es ist Zeit genug, diese zu notieren.

Jeder Schüler macht alle seine Mathematik-Hausaufgaben. Sollte ein Schüler einmal seine Hausaufgaben oder einen Teil davon nicht gemacht oder nicht dabei haben, so meldet er sich ohne Aufforderung am Beginn der Stunde unmittelbar nach der Begrüßung. (Ich habe dazu erklärt: Eine Begründung sei nicht nötig, denn ich wolle verhindern, dass jemand alle Großeltern, Onkels und Tanten sterben ließe). Ich mache mir eine entsprechende Notiz (mit Datum). Der Schüler kann in der folgenden Mathematikstunde, nicht später, die nachgeholte Hausaufgabe vorzeigen. Dann streiche (nicht: lösche!) ich die Notiz der letzten Stunde.

Stelle ich fest, dass ein Schüler die Hausaufgabe teilweise oder ganz nicht hat und sich auch nicht am Beginn der Stunde zu erkennen gegeben hat, trage ich ihn wegen Täuschungsversuchs ins Klassenbuch ein (Folge: Mitteilung an die Eltern, Nachsitzen an einem der nächsten Nachmittage)."

Die Mitteilung wurde dann noch während der gesamten Mathematikstunde in allen Einzelheiten erklärt und mehr oder weniger kontrovers diskutiert. Aber ich habe keinen Zweifel daran gelassen, dass die Inhalte dieser Mitteilung keineswegs zur Disposition stünden. Denn es sei in meiner Verantwortung, dass der Mathematikunterricht erfolgreich sei. Mit anderen Worten: Es gab keinen Zweifel daran, dass das ernst gemeint war!

Der Erfolg: Schlagartig hatten immer fast alle ihre Hausaufgaben, und der Leistungsstand der gesamten Klasse wurde deutlich besser. Auch die einzelnen Mathematikstunden liefen entspannter, angeregter, lustiger, gespickt mit guten Ideen der Schüler, weil ja jeder gut vorbereitet war, mich selbstverständlich eingeschlossen.

Bis auf Ruth Starmann! Hinter ihrem Namen hatte ich schon mehrere Notizen wegen nicht erbrachter Hausaufgaben stehen. Gespräche mit ihr waren sehr einseitig und zeigten ein ziemlich verängstigtes Kind. Ein Gespräch, welches ich auf meine Initiative mit der Mutter führte, brachte zutage, dass es in der Familie fünf Kinder wie die Orgelpfeifen gab und dass niemand in der Familie sich um die Hausaufgaben kümmern würde, auch nicht, wenn es nur darum ginge, sicher zu stellen, *dass* sie gemacht würden und nicht *wie*.

Es kam, wie es kommen musste: Kurze Zeit nach dem Besuch der Mutter war Ruth Starmann die erste (und, wie sich später herausstellte, die einzige in dem Schuljahr), die keine Hausaufgaben gemacht hatte, sich nicht zu Anfang gemeldet hatte und folglich einen Tadel wegen Täuschungsversuchs bekam. Ich schrieb eine Mitteilung an die Eltern und bestellte Ruth an einem Nachmittag in der nächsten Woche in die Schule ein zum Nachsitzen. Ich hatte mir für die Zeit des Nachsitzens vorgenommen, in aller Ruhe ein Gespräch mit dem Mädchen zu führen und ihm vielleicht manches, was es im Unterricht nicht verstanden hatte, noch einmal zu erklären. Aber dazu kam es zunächst nicht. Der Vater hatte eine Beschwerde an die vorgesetzte Behörde eingereicht, die den Fall ihrerseits wieder an den Schulleiter zur Bearbeitung zurückgegeben hatte.

Ich wurde per Zettel im Brieffach zu einem Nachmittagstermin (noch vor dem Nachsitztermin!) ohne Angabe eines Grundes ins Dienstzimmer des Schulleiters geladen. Eine ungewöhnliche Maßnahme! Meine mündliche Nachfrage, um was es sich handele, ich wolle mich darauf vorbereiten, wurde nicht beantwortet. Bei der Besprechung wurde mir dann von dem sehr ernst dreinblickenden Schulleiter eröffnet, es liege eine Beschwerde über mich bei der Bezirksregierung vor, und diese habe ihn, den Schulleiter, beauftragt, „die Sache aus der Welt zu schaffen".

Es entstand eine lange Pause. Ich wusste natürlich, dass die einschlägigen Vorschriften in einem solchen Fall besagten, dass der Beschuldigte das Beschwerdeschreiben zugestellt bekommt mit dem Auftrag, Stellung zu nehmen. Und dann erst wird geprüft, ob der Beschuldigte sich fehlverhalten hat. Wider Erwarten gilt auch im Beamtenalltag wie im Strafrecht die Unschuldsvermutung! Deshalb, um das weitere Procedre abzuwarten, schwieg ich. Der Schulleiter, Herr Dr. Steiger, hatte mit der Reaktion Schweigen nicht gerechnet. Er wurde nervös und fuhr ziemlich erregt und laut fort:

„Was sagen Sie dazu?"

Ich antwortete betont gelassen, obwohl Gelassenheit gemeinhin nicht zu meinen Stärken zählt:

„Im Augenblick gar nichts!"

Er sah mich etwas irritiert an und fuhr fort:

„Gar nichts? – Wie dem auch sei! Ich soll die Sache aus der Welt schaffen."

Ich antwortete:

„Dann schaffen Sie mal!"

Wieder sah er mich an, als zweifelte er an meinem gesunden Menschenverstand oder als unterstelle er mir eine gewisse dienstliche Todessehnsucht. Dann gab er sich sichtlich einen Ruck und sagte:

„Ich denke, Sie streichen die Eintragung im Klassenbuch und entschuldigen sich bei Herrn Dr. Starmann. Und dann will ich den Vorfall vergessen. Und der Nachsitztermin findet natürlich auch nicht statt, das ist ja selbstverständlich."

Wieder schwieg ich, und damit konnte mein Gesprächspartner überhaupt nicht umgehen. Offenbar um das Schweigen nicht länger aushalten zu müssen, fuhr er fort:

„Ja, das sehe ich als einzige Möglichkeit, den peinlichen Vorfall aus der Welt zu schaffen. – Wissen Sie denn gar nicht, wer Herr Dr. Starmann ist? Nein? – Der ist Kirchenvorstand   u n d   Jurist. – Also!"

Ich hatte mir die Unterredung, deren Thema der Schulleiter bis zu ihrem Beginn als Geheimnis gehütet hatte, schon als nicht offen, vielleicht sogar als nicht fair vorgestellt. Aber dass es gleich so dick kam, machte mich doch für einen Augenblick sprachlos, aber zum Glück nur für einen Augenblick! So ging das also! So wurde man also zum Jasager und Befehlsempfänger degradiert! Der Schulleiter, Herr Dr. Steiger, interpretierte meine momentane Sprachlosigkeit offenbar völlig falsch, denn er beendete das Gespräch mit den Worten:

„So, nun machen Sie das mal alles so, wie ich gesagt habe, und dann kann ich der Bezirksregierung berichten, dass wieder alles in Ordnung ist."

Er stand auf, um mir damit zu signalisieren, dass das Gespräch beendet sei. Ich blieb sitzen.

„Äh! – Ist noch etwas?" fragte er ein wenig verunsichert.

„Ja!" sagte ich und bat ihn, doch noch einmal Platz zu nehmen.

Aus meiner Sicht sei die Angelegenheit noch nicht zu Ende besprochen.

„Was gibt es denn *noch*?" fragte er gereizt.

Ich erklärte ihm, und das betont ruhig, obwohl ich dazu meine ganze Beherrschung aufbringen musste, dass nach meiner Kenntnis der Rechts- und Verwaltungsvorschriften zunächst einmal eine Beschwerde das gute Recht eines jeden Demokraten sei und dass mit der Einreichung einer Beschwerde noch kein Urteil gesprochen sei. Und fast tröstend fügte ich hinzu, er, Dr. Steiger, brauche keine Angst zu haben, dass Herr Dr. Starmann das nicht auch so sähe, denn schließlich sei er ja Jurist. Weiter kam ich nicht. Er unterbrach mich mit einem irren Geschrei etwa folgenden Inhalts: So etwas Impertinentes sei ihm ja noch nie untergekommen, das ließe er sich nicht gefallen. Ich sei unverschämt, ...

Auch ich empfand die Situation im höchsten Maße als unangenehm und aufregend und das Verhalten von Herrn Dr. Steiger als unverschämt. Aber ich zwang mich unter Aufwendung aller meiner Kraft dazu, ihn ausreden zu lassen, um dann in aller Ruhe meine Vorstellung vorzutragen, wie der Fall weiter zu behandeln sei. Auch bei diesem zweiten Versuch unterbrach er mich mit einem mindestens ebenso irren Geschrei. Daraufhin stand ich auf, teilte ihm mit, er sei mir im Augenblick zu erregt, um das Gespräch weiter zu führen, und verließ den Raum.

Am nächsten Morgen hatte ich eine Freistunde, also eine Stunde ohne Unterricht. Ich ließ mich durch die Sekretärin beim Schulleiter anmelden mit der Bitte, das gestrige Gespräch in Ruhe fortzuführen. Dem wurde stattgegeben.

Schon beim Eintritt in das Schulleiterzimmer hatte ich den Eindruck, ich hätte einen anderen, weitaus freundlicheren Dr. Steiger vor mir. Er kam mir vor, als stünde er unter dem Einfluss starker Psychopharmaka. Ich konnte, ohne unterbrochen zu werden, meine Vorstellung der weiteren Behandlung des Falles vorbringen. Dann beeilte sich Herr Dr. Steiger, mir zu versichern, dass er von Anfang an nichts anderes vorgehabt habe. Freiwillig händigte er mir dann eine Kopie des Beschwerdeschreibens aus, und wir verabschiedeten uns im Einvernehmen voneinander. Scheinbar oder tatsächlich, das war hier die Frage!

Das sechsseitige Beschwerdeschreiben, welches darin gipfelte, dass ich nicht nur alle pädagogischen Grundsätze außer Acht gelassen, sondern auch meine Kompetenzen als Fachlehrer bei weitem überschritten hätte, entkräftete ich nach bestem Wissen und Gewissen auf ebenfalls sechs Seiten. Selbstverständlich erschien Ruth an dem vereinbarten Nachmittag zum Nachsitzen.

Aber die Angelegenheit hatte noch ein Nachspiel: Von dem Dezernenten der Bezirksregierung wurde für einen der folgenden Samstagnachmittage um 16 Uhr eine Besprechung angesetzt. Teilnehmer außer mir: Dr. Steiger und Dr. Starmann. Leitung: Der Dezernent, Dr. Brandes.

Schon die Eröffnung des Gesprächs deutete darauf hin, dass es einvernehmlich zwischen meinem Schulleiter und meinem Dezernenten eine Vorverurteilung von mir gegeben hatte. Der Dezernent rügte mich etwa in dem Sinne der Beschwerdeschrift. Ich machte mir Notizen, denn ich hatte mir fest vorgenommen, niemanden zu unterbrechen, dennoch aber alles, was mir wichtig erschien, zu sagen. Nach der Eröffnung bekam ich das Wort erteilt. In meinem ersten Satz machte ich deutlich, dass ich den Fall anders beurteilte. Schon wurde ich vom Dezernenten mit einer langen Rede unterbrochen, die inhaltlich kein neues Argument enthielt. Wieder begann ich von vorn. Wieder wurde ich unterbrochen, und der Dezernent machte mir klar, dass es sich für einen jungen unerfahrenen Kollegen gezieme, von einem altgedienten Oberschulrat und von einem ebenso altgedienten Oberstudiendirektor einen gut gemeinten Rat anzunehmen und sich in Bescheidenheit zu üben. Ich erhob mich und sagte, dass ich dieses Gespräch erstens in der Form und zweitens nicht in Gegenwart eines Vaters weiterführen würde, sondern nur in Gegenwart des Personalrats. Dieses Gespräch in der jetzigen Form betrachtete ich als beendet. Ich hielte mich allerdings noch einige Zeit im Lehrerzimmer auf. Falls man sich entschlösse, das Gespräch sachlich weiter zu führen, sei ich auch bereit, einen erneuten Versuch der Lösung des Konflikts im Gespräch zu unternehmen. Dann verließ ich den Raum.

Offenbar gab es nicht nur diese völlig unqualifizierten Disziplinierungsattacken durch den Schulleiter, nein, es schien so etwas auch im Sinne der Bezirksregierung zu sein. Aber das hatte ich ja schon früher einmal erlebt. Es war offenbar nicht akzeptabel, dass ein junger Kollege, egal ob fünftes Rad am Wagen oder nicht, die einschlägigen Rechts- und Verwaltungsvorschriften kannte und sich nicht einschüchtern ließ. Der Höhepunkt des Skandals war, dass diese Einschüchterung auch noch als Show vor einem Elternteil stattfand. Aber umso empfindlicher musste es von meinen Vorgesetzten empfunden werden, dass es nach dem ersten Teil des Gesprächs eins zu null für mich stand, und das in Gegenwart eines Kirchenvorstands u n d Juristen!

Im Lehrerzimmer schlug ich im Schulverwaltungsblatt ein paar einschlägige Vorschriften nach, um 'formaljuristisch' für eine Fortsetzung des Gesprächs noch besser vorbereitet zu sein. Denn ich war mir ziemlich sicher, dass man mich nach kurzer Zeit erneut hereinrufen würde, um einen zweiten Anlauf für die Disziplinierung zu nehmen. Und so war es dann auch.

Der Dezernent eröffnete das Gespräch damit, dass man nicht vorhabe, die Sache hochzukochen, sondern die Angelegenheit im Gespräch zu bereinigen. Daraufhin beeilte ich mich, meinerseits zu versichern, dass auch ich dann natürlich von meinem Vorhaben, eine Beschwerde wegen der Behandlung durch den Schulleiter und den Dezernenten einzureichen, abrücken würde und dass ich mich freute, dass nun offenbar alle Beteiligten guten Willens seien, den Konflikt unter vorwiegend pädagogischen Gesichtspunkten zu lösen, ohne den juristischen Rahmen außer Acht zu lassen. – Die Gesichter meiner drei Gesprächspartner waren kaum zu beschreiben. Kaum ein Schauspieler wäre einer solchen Mimik und Körpersprache fähig gewesen! Aber kein Wort des Widerspruchs!

Ich fuhr fort: „Ich stelle mir das Vorgehen folgendermaßen vor: Herr Dr. Starmann mit der fachkompetenten Unterstützung des Dezernenten und des Schulleiters kann noch einmal Punkt für Punkt aufzeigen, wo genau ich welche pädagogischen Grundsätze außer Acht gelassen habe und welche Kompetenzen eines Fachlehrers ich überschritten habe. Und dann bekomme ich vielleicht die Chance, meine pädagogischen Grundsätze darzulegen, die meines Erachtens keineswegs den allgemein üblichen pädagogischen Grundsätzen, die ja im Schulgesetz verankert und in den derzeit geltenden Rahmenrichtlinien speziell für das Fach Mathematik noch einmal ausgeführt sind, entgegenstehen."

Einer blickte den anderen an. Man war sich unschlüssig. So hatte man sich diese Besprechung ganz bestimmt nicht vorgestellt. Wer sollte und wer wurde hier eigentlich diszipliniert? Eine Besprechung, bei der der Delinquent die Regie übernahm? Aber auf keinen Fall wollte man in Gegenwart von Herrn Dr. Starmann vermutlich noch einmal erleben, dass ich den Raum verließ. Deshalb war man wohl nolens volens mit meinem Vorschlag einverstanden.

Herr Dr. Starmann, der einzige Jurist im Raum, musste sich bei jedem Versuch, mir die Übertretung eines pädagogischen Grundsatzes nachzuweisen, gefallen lassen, dass ich das von ihm Vorgetragene in aller Form als seine Meinung entlarvte, die in einigen Fällen durchaus, aber in anderen Fällen auch nicht aus den einschlägigen Vorschriften abzuleiten sei, der ich aber in jeden Fall Achtung entgegen brachte, weil sie eben die Meinung eines Schülervaters darstellte. Aber er musste sich in jedem Falle von mir belehren lassen, dass es hier nicht um Meinungen ging, sondern um pädagogische Maßnahmen eines Fachmannes, deren Rechtmäßigkeit an der Rechtslage gemessen werden sollte. Erst danach sei es möglich, und vielleicht gar sinnvoll, darüber nachzudenken, ob es vielleicht bessere Maßnahmen gäbe.

Er war schließlich nicht in der Lage, einen einzigen pädagogischen Grundsatz zu benennen, gegen den ich verstoßen hatte, und er konnte auch nicht eine einzige Kompetenz eines Fachlehrers nennen, die ich überschritten hatte. Zähneknirschend stellte der Dezernent zum Schluss – fast mit einem entschuldigenden Achselzucken gegenüber Herrn Dr. Starmann – fest, dass in diesem Gespräch nicht feststellbar gewesen sei, dass ich in dem vorliegenden Fall eine Rechts- oder Verwaltungsvorschrift übertreten oder einen pädagogischen Grundsatz außer Acht gelassen hätte. Ich erlaubte mir ein Schlusswort, in welchem ich sagte, dass ich aus diesem Gespräch einen anderen Eindruck gewonnen hätte, der sich aber nicht so wesentlich von dem vom Dezernenten formulierten unterscheide, dass es mir als gerechtfertigt erschiene, ein Disziplinarverfahren in eigener Sache anzustrengen. Mein unterschiedlicher Eindruck sei der folgende – und ich würde mich freuen, wenn sich Schulleiter und Dezernent dem vielleicht anschließen könnten: In diesem

Gespräch sei sehr wohl festgestellt worden, dass ich in diesem Fall pädagogisch bewusst und auf die spezielle Lerngruppe zugeschnitten gehandelt hätte, also alle relevanten pädagogischen Grundsätze ganz bewusst beachtet hätte. Ebenso habe das Gespräch meiner Einschätzung nach ergeben, dass ich keine Rechts- und Verwaltungsvorschrift verletzt hätte, im Gegensatz zu der Einschätzung des Dezernenten, nach der lediglich *nicht* habe festgestellt werden können, *dass* eine Rechts- und Verwaltungsvorschrift verletzt worden sei. Aber da es sich ja nur um eine nicht protokollierte Besprechung handele und nicht um eine offizielle Verhandlung im Rahmen eines Disziplinarverfahrens, könne ich mit dem Minimalkonsens leben. Während ich aufstand, bedankte ich mich für die sachliche Verhandlungsführung, gab allen Beteiligten freundlich die Hand und verschwand.

Für mich zog ich natürlich ein Resümee dieses Falles. Ich konnte mir gut vorstellen, dass es eine Reihe von Kollegen gab, die mit Elan versucht hatten, etwas im Kleinen zu verändern und die auf ähnliche Weise zurückgepfiffen worden waren. Und ebenso konnte ich verstehen, dass viele Kollegen eine solche Ochsentour, wie ich sie gerade eben überstanden hatte, gar nicht erst eingegangen wären, sondern schon vorher aufgegeben hätten, besonders dann, wenn Sie nicht firm in der Kenntnis der Rechts- und Verwaltungsvorschriften waren.
Und schon war es aus mit meinem Wunsch, mich in Ruhe ganz auf meine Arbeit mit den Schülern zu konzentrieren. Das war schlechterdings nicht möglich, solange es solche Strukturen wie die soeben erlebten gab.

Im Laufe der nächsten Jahre habe ich noch des Öfteren ähnliche Strukturen erlebt, die mich immer wieder neu auf die

Frage zurückgeworfen haben, warum das Image von Schule und vom Lehrerberuf so schlecht war, wie es war. Und immer wieder hat mich die Tatsache des schlechten Images mit Trauer und Wut erfüllt. Denn ich kannte eine Reihe von sehr guten Lehrern (war das auch nur eine Frage der Zeit, bis diese resignierten?), die dem schlechten Image täglich durch ihren guten Unterricht und ihr Engagement widersprachen.

Eine Bemerkung zur Freiheit des Beamten: Das Beamtengesetz regelt alles, lässt aber für denjenigen Beamten, der es gut kennt, hinreichend viele Freiräume, Dinge zu tun, die er in keinem anderen Beruf ohne ernste Folgen tun könnte. Er kann an seinem Chef, ja sogar an dem obersten Chef, dem Kultusminister, Kritik üben, ohne zu befürchten, entlassen zu werden. Er kann seine Arbeit im höchsten Maße nachlässig und unsachgerecht tun, ohne dass es meistens als ein Vergehen auffiele und Konsequenzen nach sich zöge. Er kann sich leisten, von etwa vierzig Montagen im Jahr etwa die Hälfte krank zu sein, ohne auch nur ein ärztliches Attest beizubringen. Und so weiter. Wer kann sich das oder Ähnliches in der so genannten freien Wirtschaft als Angestellter, als Handwerker, als Arbeiter leisten? – Er kann auch, wenn er Lehrer ist, frei über seine Fachmethodik und Fachdidaktik entscheiden, ohne dass ihm ein Vorgesetzter da hinein redet. Und das ist etwas, das es jedem Lehrer ermöglicht, selbst zu entscheiden, ob er ein guter oder schlechter Lehrer sein will.

Es fällt auf, dass nur ganz wenige Beamte – das gilt insbesondere im Schuldienst – das Beamtengesetz kennen. Die meisten haben eine unglaubliche Angst, es zu verletzen. Oder haben sie nur Angst vor dem Ärger mit dem Vorgesetzten? Sie fahren permanent auf der Straßenmitte und nutzen die ihnen zur Verfügung stehende Straßenbreite bei weitem nicht aus. Das allerdings ermuntert Vorgesetzte, schon beim kleinsten

Abweichen von der Straßen*mitte* harsch einzuschreiten, ohne dass überhaupt eine Gefahr besteht, in den Straßengraben zu fahren. Die meisten Beamten kuschen dann. Gibt es einen Beamten, der das ungerechtfertigte Einschreiten des Vorgesetzten einmal unmissverständlich als vorschriftswidrig entlarvt, wird er aufs Korn genommen. Gelingt es ihm ein zweites oder ein drittes Mal, kann er in Zukunft beinahe machen, was er will. Nicht etwa, weil er die Hochachtung seines Vorgesetzten genießt, nein, sondern weil dieser Angst hat, sich noch einmal als Vorgesetzter zu blamieren, dass er das Beamtengesetz nicht kennt.

Der Beamte ist also frei, freier geht es nicht. Und diese Freiheit wollte ich genießen. Selbstverständlich eine Freiheit, die keineswegs uferlos ist, sondern die im Rahmen eigener Verantwortung sinnvolle Einschränkungen erfährt.

Ich wurde von meinem Kairoaufenthalt [vgl. ISBN 9 783839 102930] direkt wieder an meine frühere Schule versetzt, an die Schule, die Herr Dr. Steiger leitete, mit dem ich bereits einmal eine Beschwerde ausgefochten hatte. – Ob das so glücklich war? Ich war gespannt!

Einige Tage vor Unterrichtsbeginn, also noch in den Sommerferien, meldete ich mich in der Schule. Herr Dr. Steiger war nicht da. Er machte noch Ferien. Immerhin konnte ich meinen Stundenplan schon einmal in Empfang nehmen, weil die Studiendirektoren schon während der Ferien arbeiteten. Ich plauderte ein Viertelstündchen mit der Sekretärin. Und wenn ich zwischen den gesprochenen Sätzen richtig gehört hatte, war Herr Dr. Steiger meiner Rückkehr gegenüber zwiegespalten: Es war ihm angesichts des Lehrermangels natürlich recht, dass er einen verlässlichen Mathematiklehrer bekam, verlässlich im Hinblick auf die dienstlichen Obliegenheiten, aber dass er nun wieder Unruhe –

wie er es nannte – in der Schule habe, das passte ihm überhaupt nicht. – Was sollte ich machen? Mir fielen die weisen Worte des großen deutschen Philosophen des zwanzigsten Jahrhunderts, Franz Beckenbauer, ein: Schaun ma mal!

Zunächst einmal hatte ich natürlich alle Hände voll damit zu tun, so alltägliche Fragen zu klären: Wo und wie werden wir wohnen? Wann kommen unsere Sachen aus Ägypten? Die Kinder müssen zur Schule angemeldet werden, der jüngere in der Grundschule, der ältere im Gymnasium. Und da es in erreichbarer Nähe nur ein Gymnasium gab, waren Hartmut, mein älterer Sohn, und ich an der gleichen Schule tätig, wenn auch auf unterschiedlichen Seiten des Ladentresens. Anhand meines Stundenplans hatte ich schon gesehen, dass es zum Glück ausgeschlossen war, dass ich meinen eigenen Sohn im Unterricht hatte, denn ich unterrichtete nur in Klassen, die Latein hatten. Mein Sohn aber hatte als zweite Fremdsprache Französisch.

Es gab viel zu organisieren. Darüber hatte ich überhaupt nicht gemerkt, dass man mir kein Gehalt überwiesen hatte. Erst nachdem der zweite Monat meiner Tätigkeit bereits zu Ende war, merkte ich, dass mir drei Gehälter fehlten. Ich rief bei dem zuständigen Sachbearbeiter an. Dieser, das stellte sich bei dem Telefongespräch heraus, hatte mich überhaupt noch nicht in seinen Unterlagen. Für ihn existierte ich nicht. Er versprach aber, sich um den Fall zu kümmern. Naja, dann war ja alles in guten Händen, nämlich in den Händen eines deutschen Beamten! – Das dachte ich jedenfalls, noch gewöhnt an Kairoer Verhältnisse!
Ärgerlich wurde ich erst, als auch das vierte Gehalt nicht auf meinem Konto erschien. An einem Mittwochnachmittag fuhr ich nach Hannover in die Bezirksregierung zu dem Sachbearbeiter. Der war sichtlich überrascht, mich zu sehen, und versuchte, mir

verständlich zu machen, dass er sich ununterbrochen um meinen Fall gekümmert habe. Aber schließlich seien meine Papiere noch nicht vom Bundesverwaltungsamt eingetroffen. Zunächst versuchte ich es in aller Ruhe. Ich machte ihm klar, er habe mindestens einen Monat Kenntnis von meinem Fall gehabt. Ich hätte im Bundesverwaltungsamt angerufen (das war gelogen!), aber es sei an keiner Stelle bekannt gewesen, dass die Bezirksregierung Hannover meine Akten angefordert habe, um mir endlich mein Gehalt auszahlen zu können. Ich merkte, dass er rumeierte. Mit meinem Anruf beim Bundesverwaltungsamt hatte er nicht gerechnet. Er stammelte: Ja, er habe ja schließlich nicht selbst angerufen, sondern sein Vorgesetzter. Ich bot ihm an, die Frage der Schuld auf sich beruhen zu lassen. Er wisse ja genau, wie viel Gehalt mir zustünde. Und wenn er es nicht wisse, dann wüsste ich, wo man das nachschlagen könne. Ich verlangte, er solle mir auf der Stelle einen Scheck in Höhe meines Viermonatsgehalts ausstellen, meinetwegen abzüglich einer Sicherheit von tausend Mark, dann wäre er mich in wenigen Minuten wieder los. Daraufhin setzte er sich in seinen Schreibtischsessel und lächelte überlegen. Ich hatte das Gefühl, hier ging es jetzt überhaupt nicht mehr um mein Gehalt, sondern es war zu einem Spiel mutiert, aus welchem er unter allen Umständen als Gewinner hervorgehen wollte. Fast belehrend wie ein schlechter Vater seinem erwachsenen Sohne gegenüber sagte er mir:

„Sehen Sie, Herr Bürckner, das geht nun *gar nicht*! Wir haben hier ganz feste Kassenzeiten. Und in einer so großen Behörde, wie wir es nun einmal sind, da kann nicht jeder kommen und machen was er will! Heute ist Mittwoch, und da sind die Kassenstunden der Regierungskasse um 13.00 Uhr beendet. Da müssen Sie sich wohl noch ein bisschen gedulden mit Ihrer Gehaltsforderung!"

Ich ertappte mich dabei, wie mich das Gefühl beschlich, dass vielleicht auch eine Behörde wie die Bezirksregierung ein schlechtes Image haben würde, wenn sie mit genau so viel Publikum wie Schule zu tun hätte. Hatte Schule in der Imagefrage nur deshalb so schlechte Karten, weil sie eine Anstalt mit maximalem Publikumsverkehr war?

Ich war außer mir. Zwar versuchte ich noch mit ein paar Sätzen, ihn umzustimmen. Aber schon bald sah ich die Aussichtslosigkeit dieses Unterfangens ein. Er sonnte sich in dem Gefühl, den Kampf gewonnen zu haben. Er wusste nicht, dass er nur die erste Runde des Kampfes gewonnen hatte. Ich erkundigte mich nach dem Namen seines Vorgesetzten und beendete das Gespräch. Mir entging nicht die Süffisanz in seinem Verhalten, während er mir den Namen des Vorgesetzten und dessen Zimmernummer nannte.

Ich ging also zu dem Vorgesetzten. Der war bereits telefonisch informiert und bemühte sich, mir mit verständnisvollen Worten klarzumachen, dass ich mich der von seinem Untergebenen geschilderten Notwendigkeit zu beugen hätte. Ich hatte mich auf dem Weg zu ihm wieder insoweit unter Kontrolle, als ich mich entschlossen hatte und auch in der Lage fühlte, diesen Fall und insbesondere mein Verhalten quasi von außen als eine Art Kasperletheater zu betrachten und meine Emotionen dramaturgisch gezielt einzusetzen. Ich hörte ihm scheinbar geduldig zu. Dann erklärte ich ihm, dass dieser Fall seit mindestens vier Wochen bei seinem Untergebenen schmore und dieser sich nicht hinreichend darum gekümmert habe, obwohl er die gesamte Problematik gekannt habe. Ich vernahm, dass ihm das neu war, und verbuchte einen ersten Punktgewinn. Den zweiten Punktgewinn verbuchte ich, als ich ihm, dem Vorgesetzten des Sachbearbeiters, mitteilte, der Sachbearbeiter habe ihn, seinen Vorgesetzten dafür verantwortlich gemacht, dass ich noch kein Gehalt überwiesen bekommen hätte. Denn schließlich sei er es gewesen, der die Telefonate mit dem

Bundesverwaltungsamt geführt habe. Trotz dieser Punktgewinne, blieb er jedoch bei seiner Ansicht, ich müsse mich mit meiner Gehaltsforderung wohl gedulden.

Dann fragte ich ihn ganz ruhig, fast gefährlich leise, er solle mich doch jetzt in das Büro *seines* Vorgesetzten begleiten. Dort wolle ich mein Anliegen erneut vortragen. Seine Ausrede, sein Vorgesetzter sei auf Dienstreise, akzeptierte ich nicht und belehrte ihn meinerseits, jeder Beamte habe im Falle der Abwesenheit einen Vertreter. Aber er war nicht bereit, mich die Vorgesetztenleiter weiter nach oben gehen zu lassen. Dann stand ich in aller Ruhe auf und setzte ihn davon in Kenntnis, dass ich mich jetzt auf den Gang vor seine Tür stellen und ganz laut schreien werde. Ich sei sicher, dass dann einige Menschen zusammenlaufen würden, die mir ganz bestimmt helfen würden. Vielleicht sei ja dann sogar sein Vorgesetzter dabei! Er fand offenbar, diese Idee sei ein guter Witz. Er lächelte nämlich und sagte, sich ebenfalls erhebend:

„Dann tun Sie das, Herr Bürckner!"

Ich bedankte mich artig, ging vor die Tür und fing von einer Sekunde zur anderen in einer entsetzlichen Lautstärke an zu schreien. Zwar bezog sich der Inhalt meines Geschreis auf den Fall, aber ich glaube, es hätte auch gereicht, in gleicher Lautstärke das kleine Einmaleins aufzusagen, um eine Menge von immer hektischer reagierenden Beamten um mich herum zu versammeln, die anscheinend nichts Wichtigeres zu tun hatten, als mich zu beruhigen.

Ehrlich gesagt, ich war zu dem Zeitpunkt selbst nicht mehr so sicher, ob die Wahl meiner Methode besonders gelungen war. Aber dann stellte sich heraus, dass einer meiner Zuhörer tatsächlich der Vorgesetzte meines vorherigen Gesprächspartners war. Er war also nicht auf Dienstreise! – Er lud mich in sein Büro ein, und damit war das Spektakel erst einmal vorbei. In aller Ruhe setzte ich ihm auseinander, dass ich im höchsten Maße ungehalten sei, mit welchem Ernst man sich seit nunmehr über drei Monaten meines Falles annehme. Er machte sich Notizen, bedauerte jedoch zutiefst, dass er mir nicht helfen könne, weil: Die Geschäftszeiten der Regierungskasse! Auf diese Ausrede hatte ich mich in dem Kasperletheater schon insofern vorbereitet, als ich mir fest vorgenommen hatte, übergangslos in mein altes Geschrei zurück zu verfallen. Das tat ich dann auch abrupt. Gleichzeitig eilte ich auf die Bürotür zu, in der Absicht, sie zu öffnen. Er kam mir zuvor und überredete mich, doch wieder Platz zu nehmen und mich zu beruhigen.

Er griff zum Telefon. Ich bat ihn, derweil einen Blick in ein Telefonbuch werfen zu können, was er mir gern gewährte. Während er drei längere Telefongespräche führte, die sich alle darum drehten, einen Scheck über vier Monatsgehälter aufzutreiben, suchte ich aus dem Telefonbuch die Nummer der örtlichen Tageszeitung heraus und schrieb in großen Lettern, dass er es auch lesen konnte, auf einen Zettel: HANNOVERSCHE PRESSE (und dann die Telefonnummer). Nach seinem dritten Telefongespräch schaute er zu mir herüber und fragte etwas unsicher, wozu ich denn die Telefonnummer der Hannoverschen Presse brauche. Ich antwortete wahrheitsgemäß, ich hätte sie für den Fall aufgeschrieben, dass ich ohne einen entsprechenden Scheck die Bezirksregierung verlassen müsse. Das veranlasste ihn zu weiteren Telefongesprächen, zu deren Führung er mich allerdings bat, solange draußen Platz zu nehmen. Diesen Wunsch schlug ich ihm nicht ab, wenn es denn dem glücklichen Ende des Falles diene.

Nach einer Wartezeit von circa einer Viertelstunde kam ein Herr mit einem Scheck in angemessener Höhe. Ich bedankte mich herzlich bei beiden, legte meinen Notizzettel mit der

Telefonnummer auf den Tisch mit der Bemerkung, den brauchte ich ja nun nicht mehr, und ging.

Zum Abschluss sei bemerkt: Die folgenden Gehaltszahlungen erfolgten pünktlich und ohne einen Grund zur Beanstandung. Auch die genaue Abrechnung des Gehalts der ersten vier Monate – der Scheck war ja nur eine Abschlagszahlung – gab es sofort mit der nächsten Gehaltsüberweisung, wie es sich gehörte.

Es blieb ein Nachgeschmack:

Konnte es sein, dass die Bezirksregierung, die auf der einen Seite die Funktion der pädagogischen Dienst*aufsicht* über die Schulen wahrzunehmen hatte, darüber ihre Pflicht, dem einzelnen Beamten auch Dienst*leistungen* zu erbringen, vergessen hatte?

Konnte es sein, dass sich der Umgangston, der sich stellenweise in die der pädagogischen Dienst*aufsicht* unterliegenden Gespräche – wenn auch dort zu Unrecht – eingeschlichen hatte, sich allmählich auch in dem allgemeinen Umgang mit den Schulen und deren Lehrern breit gemacht hatte? Vielleicht hatte es ja niemand gemerkt?

Das war nicht das erste und auch nicht das letzte Mal, dass mir diese und ähnliche Fragen durch den Kopf gingen. Ich wollte mir mein Gespür für Umgangsformen und Gesprächsatmosphäre nicht abgewöhnen lassen!

Gilt auch hier das alte Sprichwort: Wie der Herr, so das Gescherr? Gab Herr Dr. Steiger, mein Schulleiter, nur den Umgangston, den er selbst seitens der Bezirksregierung erfuhr beziehungsweise erfahren hatte, bevor er zur Führungsetage gehörte, an sein Kollegium weiter? Treu dem Grundsatz: Was ich von oben bekomme, gebe ich nach unten weiter! Nach unten treten ist einfacher, als nach oben zu treten! (Letzteren Grundsatz kann jeder Herzpatient am eigenen Leibe erfahren, der liegend ein

Belastungs-EKG auf einem Ergometer über sich ergehen lassen muss, bei dem sich die Pedalen oberhalb der Liegefläche befinden!)

Nachdem nun die mit der Wiedereinreise nach Deutschland verbundenen Probleme und Belastungen allmählich ausgeräumt waren, wurde mir bewusst, dass es mehrere Kollegen in meinem Alter gab, die während meines Auslandsaufenthalts zum Oberstudienrat befördert worden waren, ich aber nicht. Im Ausland gab es keine Beförderungen. Das war einleuchtend, denn ich war ja als Landesbeamter quasi nur für die Zeit meines Auslandseinsatzes an die Bundesrepublik ausgeliehen worden. Aber nun war ich ja wieder in meinem Lande. Und es war nicht einzusehen, dass ich durch die Tatsache, dass ich die Bundesrepublik Deutschland im Ausland vertreten hatte, einen Nachteil zu tragen hätte! Also setzte ich mich hin und schrieb einen Brief an die Bezirksregierung, meine vorgesetzte Behörde, dessen Inhalt grob zusammengefasst besagte, ich hielte mich für geeignet, nach meinem Auslandsaufenthalt mit sofortiger Wirkung zum Oberstudienrat befördert zu werden. Zur inhaltlichen Begründung gab es einiges aus meiner Zeit in Kairo anzuführen. Das tat ich natürlich auch. Selbstverständlich schickte ich diesen Brief, wie es sich beamtenrechtlich gehörte, auf dem Dienstweg, also über Herrn Dr. Steiger.

Dieser bestellte mich für den nächsten Tag zu sich ein. Es entwickelte sich etwa der folgende Dialog:

Dr. S.: Diesen Brief nehmen Sie gefälligst wieder mit, so etwas schicke ich nicht ab.

Ich: Wieso?

Dr. S.: Wenn Sie das nicht selber wissen, dann tun Sie mir leid!

Ich: Wieso? Gibt es Rechtschreibfehler oder inhaltliche Fehler darin? Dann korrigiere ich die selbstverständlich.

Dr. S.: Nein! Die gibt es nicht! Aber so etwas gehört sich einfach nicht! – Das habe ich in meiner ganzen Dienstzeit noch nicht erlebt, eine solche Ungeheuerlichkeit! Auf die Beförderung zum Oberrat *wartet* man, bis es soweit ist beziehungsweise bis man vorgeschlagen wird. Darum bewirbt man sich nicht einfach so! – Also: Nehmen Sie Ihren Brief wieder mit, und dann ist es gut. Den befördere ich jedenfalls nicht auf dem Dienstweg.

Ich: Es wäre mir peinlich, Herr Dr. Steiger, wenn ich Sie erst darauf aufmerksam machen müsste, dass Sie verpflichtet sind, jedes Schreiben auf dem Dienstweg weiterzuleiten. Im Übrigen, und ich bin sicher, das wissen Sie auch, ist der Dienstweg eingehalten, wenn ich Ihnen mein Schreiben in Kopie zur Kenntnis gebe und es selbst zur Bezirksregierung schicke. Möglich ist es allerdings, dass Sie von Ihrem Recht Gebrauch machen, meinen Antrag mit einem aus Ihrer Sicht ablehnenden Begleitschreiben zu versehen. Aber das wissen Sie ja alles selber. – Wollen *Sie* ihn nun abschicken? Oder soll *ich* ihn abschicken?

Dr. S.: Dann lassen Sie ihn hier! Aber Sie werden schon sehen, was Sie davon haben!

Da brach er wieder auf, der alte Konflikt. Warum musste er mir über den Schnabel fahren? Wenn er mich als erfahrener Kollege vor einem Fehltritt gegenüber der vorgesetzten Behörde hätte bewahren wollen, dann wäre das Gespräch ganz bestimmt anders verlaufen. Der Ton und die Körpersprache machen die Musik! Ich sollte diszipliniert werden, und sonst nichts! Und ich sollte kuschen!

Da war es wieder, das alte Beamtenprinzip, welches ich schon öfter erfahren hatte: Dem jungen Referendar (in diesem Falle: dem jungen Kollegen) muss erst einmal das Rückgrat gebrochen werden. Dann kann man ihn wunderbar neu aufbauen, dass er in eine Tätigkeit eines gehorsamen Beamten hineinpasst.

Die Drohung des Herrn Dr. Steiger klang nach: Aber Sie werden schon sehen, was Sie davon haben!

In der Schule war es üblich, dass Beförderungen dem Kollegium jeweils in der ersten großen Pause vom Schulleiter bekannt gegeben wurden. Und so geschah es auch in meinem Falle: Etwa zwei Wochen nach meinem Antrag auf Beförderung trat der Schulleiter in der ersten großen Pause ins Lehrerzimmer und verkündete mit Grabesstimme:
„Meine Damen und Herren! Ich bitte einen Augenblick um Ihre Aufmerksamkeit. Ich habe zu vermelden: Herr Studienrat Bürckner ist mit Wirkung vom heutigen Tage zum Oberstudienrat befördert worden. – Hier! Ihre Urkunde! Ich gratuliere!"
Nach einem knappen Händedruck war er wieder verschwunden.
Peinlich? – Mir nicht!
Schlechter Verlierer? – Ich hatte gewonnen!
Aber warum musste es überhaupt immer zu einem Gewinnspiel ausarten?

Die Situation in Niedersachsen hinsichtlich der Lehrerversorgung war besorgniserregend. Insbesondere an der Schule, an der ich unterrichtete, war die Situation noch besorgniserregender als im Landesdurchschnitt. Sicher wäre eine wissenschaftliche Untersuchung interessant gewesen, wieso gerade an dieser Schule die Versorgung so schlecht war, wo es sich doch um eine Schule in attraktiver Lage im unmittelbaren Einzugsbereich von Hannover handelte. Auch das relativ moderne Gebäude der Schule im Rahmen eines Schulzentrums konnte nicht dafür verantwortlich gemacht werden. Also: Woran lag es? Ich wusste es nicht! Und Spekulationen lagen und liegen mir fern.
Tatsache war: Die an dieser Schule unterrichtenden Lehrer waren ungefähr zu 60 Prozent keine Gymnasiallehrer:

Volksschullehrer, Realschullehrer, Hausfrauenlehrerinnen, Diplom-Ingenieure, Diplom-Chemiker, Diplom-Physiker, Diplom-Biologen, Sport-Übungsleiter, Studenten des Lehramts.

Ja, ja, ich weiß: Es gibt ganz sicher voll ausgebildete Gymnasiallehrer, die ausgesprochen schlechte Lehrer sind und weitaus schlechter als manch einer von den anderen Lehrern. Und ich weiß auch: Es gibt ein Heer von Volks- und Realschullehrern, die ausgesprochen gute Lehrer sind, und viele andere Lehrer, die ohne pädagogische Ausbildung Naturtalente sind. Und ich bilde mir ein, dass es eine Reihe von Kollegen gibt, die für eine solche Beurteilung im Laufe der Jahre, insbesondere dann, wenn sie eigene Kinder an der Schule haben, ein Gespür entwickelt haben. Aber eine solche Beurteilung wäre kollegial verwerflich und beamtenrechtlich unzulässig, auch wenn ich mich sehr darüber ärgerte, dass mein ältester Sohn offenbar die meiner Meinung nach schlechtesten Lehrer der Schule abbekommen hatte.

Selbst wenn nur ein Zehntel dessen, was mein Sohn beim Mittagessen mit vollem Munde täglich erzählte, wahr war, dann handelte es sich um einen unhaltbaren Zustand. Dennoch schwieg ich gewöhnlich am Mittagstisch und drohte an dem zu ersticken, was ich aus kollegialen Gründen nicht sagen wollte.

Unter vier Augen sprach ich darüber mit einem Kollegen, der nicht in der Klasse meines Sohnes unterrichtete, mit dem ich mich noch aus der Zeit vor meinem Auslandsaufenthalt duzte, was damals unter Lehren unüblich war und die Ausnahme darstellte.

„Ja, hast Du das Prinzip denn noch nicht durchschaut?" fragte er mich.

Ich war in der Tat ahnungslos. Und dann gingen wir die einzelnen Kollegen durch, und das geschah ohne jedes Tabu. Wir waren ja unter uns.

Der Kollege fragte mich:

„In welchen Klassen unterrichtest Du?"

Ich wusste nicht recht, was er meinte, und zählte die Klassen auf, in denen ich unterrichtete.

„Und welche Klassen davon haben Latein und welche Französisch als zweite Fremdsprache?"

Ich hatte keine Ahnung, was diese Fragerei sollte. Immerhin stellten wir fest, dass ich keine einzige Französischklasse unterrichtete. Ebenso der Kollege, mit dem ich den Fall erörterte.

„Und? – Hast Du das Prinzip begriffen?" fragte er mich.

Wenn es ein Prinzip gab, so wusste ich immer noch nicht, welches und erst recht nicht, ein Prinzip wovon!

„Also gut!" sagte mein Kollege, „dann fangen wir einmal anders an. Wen hat Dein Sohn Hartmut in Mathematik?"

Ich antwortete wahrheitsgemäß:

„Den Kollegen Boris."

„So, den Kollegen Boris!" echote mein Kollege. „Dann bekommst Du jetzt die Hausaufgabe, morgen an dem großen Stundenplan in der Schule einmal festzustellen, wie viel Lateinklassen der Kollege Boris unterrichtet. Und anschließend, wie viel Französischklassen er unterrichtet."

Wir beendeten das Gespräch, weil mein Kollege sich weigerte, über dieses Thema länger zu sprechen. Er sagte nur:

„Das musst Du selber herausfinden!"

Nun, ich fand es heraus. Und was? – Es war so offensichtlich, dass alle meiner unmaßgeblichen Ansicht nach guten Lehrer in Lateinklassen unterrichteten, und alle meiner unmaßgeblichen Ansicht nach schlechten Lehrer in Französischklassen, dass es eigentlich überhaupt keiner Statistik bedurfte. Das sah ein Blinder mit dem weißen Stock. Und offenbar bestand zwischen Herrn Dr. Steiger und mir endlich einmal ein Konsens, nämlich darin, welche Lehrer gut und welche schlecht waren.

Eine Ungeheuerlichkeit! Eine unglaubliche Wut überfiel mich. Am liebsten wäre ich sofort zum Schulleiter gegangen und hätte mit der Faust auf den Tisch geschlagen. Aber gleichzeitig beschlich mich auch das Gefühl einer unglaublichen Ohnmacht, so dass ich mich nicht hätte entscheiden können, was größer war, die Wut oder die Ohnmacht. Am Nachmittag ging ich wieder zu meinem vertrauten Kollegen. Als er mir die Tür öffnete, sah er mich an und sagte:

„Okay! – Ich sehe deinem Gesicht an, Du hast das Prinzip begriffen. – Nun lass uns über etwas Anderes reden!"

Wochenlang kämpfte ich mit mir, zum Schulleiter zu gehen und ihm die Sache auf den Tisch zu knallen. Wochenlang konnte ich mich, wenn auch mit Mühe, beherrschen. Denn, was hätte er mir gesagt: Lieber Herr Kollege, dieses Urteil steht Ihnen nicht zu. Und dann hätte er mich hinausgeworfen, wenn er mir wohl gesonnen gewesen wäre. Vielleicht hätte ich auch ein Disziplinarverfahren bekommen, denn wohlgesonnen war er mir nicht. Und dieses Disziplinarverfahren wäre zu meinen Ungunsten ausgegangen! Es gab schon vorher genug Gelegenheiten, die mich gelehrt hatten, den geeigneten Augenblick für eine Kritik abzuwarten.

In der Zwischenzeit hatte ich des Öfteren vor dem großen Stundenplan und der großen Unterrichtsverteilung gestanden. Je öfter man davorsteht, desto schärfer wird der Blick. Und mein Blick war so scharf geworden, dass mir noch mehr aufgefallen war, was meine Theorie der bevorzugten Behandlung der Lateinklassen unterstützte.

Es gab nicht nur Klassen mit Latein bzw. Französisch als zweiter Fremdsprache, sondern es gab auch Klassen mit Latein statt Englisch als erster Fremdsprache. Und diese Klassen schienen das liebste Kind des Schulleiters zu sein, denn in diesen Klassen unterrichteten null Prozent der Lehrer, die ich für schlecht hielt. Aber was nützte es? Ich hatte keine Handhabe!

Und dann kam der Elternsprechtag!

Damit alles reibungslos verlief, gab der Schulleiter einen Plan heraus, auf dem jeder Kollege aufgeführt war. Ganz wichtig war, dass der Plan die Nummer des Raums enthielt, wo man den einzelnen Kollegen antreffen konnte. Das war auch für mich einsichtig.

Alle Schüler bekamen diesen Plan mit nach Hause, also auch mein Sohn, und dieser Plan machte mich ausgesprochen fröhlich. – Wieso?

Nun, dieser Plan enthielt noch ein paar meines Erachtens völlig unwichtige, aber für die Befriedigung meiner Ohnmacht und meiner Wut absolut wichtige Daten: Hinter jedem Lehrernamen stand sein beamtenrechtlicher Titel, und wenn er keinen hatte, stand da schlicht „Fachlehrer". Also, dort stand zum Beispiel:

Otto Bürckner, Oberstudienrat, Raum 217

Knut Müller, Realschullehrer, Raum 23

Gisela Meyer, Volksschullehrerin, Raum 123

Roswitha Brandt, Fachlehrerin, Raum 341

Jetzt hatte Herr Dr. Steiger ein Selbsttor geschossen. Sofort machte ich mich an die Arbeit. Ich erstellte mit diesen Informationen eine Statistik über die Unterrichtsverteilung in den verschiedenen Klassen fünf bis zehn. Das Ergebnis war so signifikant, wie es nicht signifikanter hätte sein können:

In den Klassen 5 und 6,

- die Latein als erste Fremdsprache hatten, wurde durchweg 0 % des Unterrichts von „für unseren Schultyp nicht ausgebildeten Lehrern" (so nannte ich diese) erteilt,
- die Englisch als erste Fremdsprache hatten, wurde 70 bis 100 % des Unterrichts von „für unseren Schultyp nicht ausgebildeten Lehrern" erteilt.

In den Klassen 7 bis 10,

- die Latein als zweite Fremdsprache hatten, wurde 0 bis 21 % des Unterrichts von „für unseren Schultyp nicht ausgebildeten Lehrern" erteilt,
- die Französisch als zweite Fremdsprache hatten, wurde 63 bis 100 % des Unterrichts von „für unseren Schultyp nicht ausgebildeten Lehrern" erteilt.

Bei dieser Signifikanz brauchte man auch nicht mehr um fünf Prozent zu feilschen. Diese Statistik sprach für sich selbst! Sie deutete ganz klar auf eine Absicht hin, die in der Unterrichtsverteilung verborgen war. Und diese Absicht hatte der Schulleiter zu verantworten. Sie war durch keinen Paragraphen des Schulgesetzes oder einer Verordnung oder einer Verfügung oder eines Erlasses gedeckt. Im Gegenteil! Übrigens: Die Statistik veränderte sich zahlenmäßig so gut wie nicht, wenn ich statt des vom Schulleiter herausgegebenen Zettels meine eigene Beurteilung hinsichtlich der Qualität der Kollegen zugrunde legte, wenngleich es durchaus Verschiebungen von einer Kategorie in eine andere bei den Kollegen selbst gab.

Als ich meine Statistik fertig hatte, ordnete ich sie optisch geschickt auf einem DIN-A-4-Blatt an, unterschrieb das Blatt mit meinem Namen und führte es dem Schulleiter über das Sekretariat zu. Handschriftlich schrieb ich rechts oben in die Ecke: Herrn Dr. Steiger mit der Bitte um ein Gespräch.

Auf dieses Gespräch wartete ich etwa fünf bis sechs Wochen vergeblich. Dass ich darüber keineswegs froh war, brauche ich nicht zu erwähnen. Was sollte ich tun?

Ich fertigte von meiner Statistik Kopien an, von denen ich jedem Kollegen eine in sein Brieffach legte. Oben rechts in die Ecke schrieb ich: Ich habe den Wunsch, dass dieses Papier

Gegenstand einer Dienstbesprechung wird. Natürlich legte ich auch dem Schulleiter eine Kopie in sein Fach. Wieder wartete ich, diesmal etwa vier Wochen. Und wieder geschah nichts. Dann wandte ich mich in meiner Eigenschaft als Vater eines Schülers einer Klasse neun an den Elternratsvorsitzenden der Klasse, einem Professor der Medizinischen Hochschule Hannover, nennen wir ihn Professor Atta. Mit dem traf ich mich und diskutierte den Inhalt meines Papiers. Der war außer sich und versprach, „den Fall zu bearbeiten". Ich gab ihm eine Kopie meines Papiers „nur zum internen Gebrauch", was er mir auch versprach. Später erfuhr ich, dass Professor Atta nach langer Anmeldungszeit einen Termin bei Herrn Dr. Steiger bekommen hatte. Allerdings sei das Gespräch alles andere als zufriedenstellend verlaufen. Das war auch der Grund, weshalb Professor Atta auf Kosten der Medizinischen Hochschule Kopien anfertigen ließ, die er an alle Eltern des Gymnasiums – und das waren immerhin mehr als 2000 – verteilte.

Wieder gingen ein paar Wochen ins Land, und nichts geschah.

Zu der Zeit hatte sich der Philologenverband daran erinnert, dass ich ja früher einmal ein zuverlässiger Zuarbeiter gewesen war, als ich in seinem Namen Personalräte eingerichtet hatte. Und so war er an mich herangetreten, ob ich nicht meine Arbeitskraft dem Verband wieder zur Verfügung stellen wolle. Man plane, eine Arbeitsgemeinschaft der Deutschen Auslandslehrer einzurichten, deren Vorsitz ich übernehmen sollte. Dazu war ich gern bereit. Ich gehörte dadurch dem Hauptvorstand des Philologenverbandes an und war allein schon dadurch beamtenrechtlich und bildungspolitisch immer auf dem Laufenden.

Während der oben geschilderten Querelen mit Herrn Dr. Steiger bezüglich der Unterrichtsverteilung fand eine Hauptvorstandssitzung des Philologenverbands statt. Auf dieser

Sitzung zog mich während einer Pause ein älterer Kollege beiseite, der bei der Bezirksregierung in Hannover arbeitete, und sagte:

„Herr Bürckner! Ich möchte Ihnen etwas mitteilen, wenn Sie mir versichern, dass Sie unter keinen Umständen jemandem auch nur andeuten, dass ich Ihr Informant bin." – Zunächst begriff ich den Ernst der Situation überhaupt nicht und war eben dabei, eine lockere Bemerkung zu machen. Aber der Kollege versicherte mir, es sei sehr, sehr ernst!

„Herr Dr. Steiger hat ein Disziplinarverfahren gegen Sie eingeleitet, welches schon auf vollen Touren läuft. Normalerweise bin ich keiner, der Interna der Bezirksregierung verrät. Aber hier läuft etwas gegen Sie am Beamtengesetz vorbei, denn ein Disziplinarverfahren kann und darf nicht hinter Ihrem Rücken vorbereitet werden. Ich halte das nicht nur für illegal, sondern auch für hinterhältig. Und deshalb sage ich Ihnen: Seien Sie auf der Hut! Ich nenne Ihnen zwei Namen, vor denen Sie sich besonders hüten müssen: Dr. Steiger und Herr Greite. Man arbeitet hinter Ihrem Rücken daran, Ihre Strafversetzung zu betreiben. – Dieses Gespräch mit mir hat nie stattgefunden!"

Ich war derart sprachlos, dass ich sogar vergaß, mich zu bedanken. Von dem Rest der Hauptvorstandssitzung hörte und sah ich nichts mehr. Meine Gedanken fuhren Karussell. Ich musste unbedingt etwas tun, aber was? Gedanken von einem Mord bis hin zu einem Gespräch und allen Nuancen dazwischen rasten durch mein Hirn. Aber ich war nicht in der Lage, einen auch nur halbwegs klaren Gedanken zu fassen, geschweige denn einen Entschluss.

So wartete ich noch zwei Tage, in denen ich mich noch einmal im Schulrecht klug las. Natürlich war es nicht erlaubt, Aktivitäten im Rahmen eines Disziplinarverfahrens hinter dem Rücken des „Delinquenten" ablaufen zu lassen, sondern es war vorgeschrieben und auch üblich, dass der Betroffene sofort eine Kopie der

Klageschrift zugestellt bekam und dazu Stellung nehmen musste. Auch im Beamtenrecht galt, wie überall in der Bundesrepublik, die Unschuldsvermutung.

Da war er wieder, der alte Konflikt zwischen Herrn Dr. Steiger und mir. Diesmal hatte ich ihm, wie es schien, ja auch ordentlich Nahrung gegeben. Diesmal brach er aber nicht auf wie früher, diesmal schwelte er im Verborgenen. War das die neue Strategie, mich doch noch zu disziplinieren? Das durfte auf keinen Fall so weitergehen. Mir war klar: Ich musste den Konflikt aus der Schwelphase herausholen und ihn in normale Bahnen lenken.

Dazu überlegte ich lange, und mir fiel Folgendes ein:
Ich ließ mir durch die Sekretärin einen Gesprächstermin bei Herrn Dr. Steiger geben. Dann bereitete ich mich sehr sorgfältig auf meinen „Einstig" vor. Ich durfte um keinen Preis die gezielte Indiskretion und schon gar nicht meinen Informanten preisgeben! Als ich schließlich mit Herrn Dr. Steiger am Tisch saß, sagte ich:
„Herr Dr. Steiger, ich habe Sie um dieses Gespräch gebeten, weil ich den Eindruck habe, dass es eine – ich nenne es mal – Verstimmung zwischen uns gibt. Ich möchte gern, dass wir die ´sine ira et studio´ diskutieren. – Ich möchte Sie aber in diesem Zusammenhang auf keinen Fall unvorbereitet in die Diskussion ziehen, deshalb wäre ich Ihnen für einen neuen Termin dankbar."
Dann gab es eine lange Pause, an deren Ende sich Herr Dr. Steiger räusperte und sagte:
„Ich sehe keinen Anlass zu einem neuen Termin, Herr Bürckner." –
„Haben Sie nicht den Eindruck, Herr Dr. Steiger, dass etwas zwischen uns steht, das einer Klärung bedarf?" fragte ich weiter. –
„Nein! – Keineswegs! – Alles in Ordnung!" –
„Alles in Ordnung?"

„Alles in Ordnung!"

Ich halte es heute noch für eine meiner größten Leistungen, dass ich nicht handgreiflich oder mindestens ausfallend geworden bin, sondern mich lächelnd für die Gewährung dieses Termins bedankt habe.

Als ich draußen war, kamen mir diverse Comicfiguren in den Sinn, die, wenn sie großen Ärger hatten, ihn aber nicht heraus lassen konnten, hinausliefen und dabei immer mehr rot anliefen, bis sie schließlich dunkelrot draußen ihrem Ärger mit einem Urschrei Luft machen konnten. So fühlte ich mich, nur mit dem Unterschied, dass ich noch eine Mathematikstunde unterrichten musste, bevor ich hinauslaufen und meinem Ärger Luft machen konnte. Was ich von mir gab, als ich im Auto saß und nach Hause fuhr, überspringe ich hier geflissentlich, um das Wohlwollen meines geneigten Lesers nicht aufs Spiel zu setzen. Nur so viel sei gesagt: Es gab keine Vokabel aus der untersten Schublade, die mir als Attribut für Herrn Dr. Steiger unpassend erschien.

Ich merkte, dass ich im Begriff war, mich wieder aufzubauen, indem ich mir suggerierte, dass zwar diese Schlacht verloren sei, aber nicht der gesamte Krieg! – Jawohl: K r i e g ! – Es war Krieg, und zwar ein Partisanenkrieg.

Selbstkritisch überprüfte ich meine in diesem Fall getroffenen Maßnahmen von Anfang bis zu diesem Zeitpunkt. War ich an irgendeiner Stelle „in den Untergrund gegangen"? Hatte ich mit Hinterhältigkeit angefangen? War ich als erster zum Partisanen geworden? – Nein! Und noch einmal: Nein! Ich hatte immer das Gespräch gesucht! Ich hatte das Visier immer offen gehabt! Ich wollte etwas verändern, das nicht nur ich, sondern auch die einschlägigen Vorschriften als Missstand verurteilten, ohne dass jemand dabei zu Schaden kommen sollte. Aber da war es wieder: Ich war ein junger Kollege, der sich obendrein zur Beförderung selbst vorgeschlagen hatte, und dort war der Herr Oberstudiendirektor. Sollte mir jetzt das Rückgrat gebrochen werden, um mich dann als guten und gehorsamen Beamten wieder neu aufzubauen? – Halt! Ein guter Lehrer war ich ja, auch nach Herrn Dr. Steigers Beurteilung! Warum sonst hatte ich *nur* Lateinklassen! Aber ich war kein gehorsamer Lehrer! Und dass, sich zu beschweren, das Recht eines jeden Demokraten ist, hatte sich offenbar bis zu dieser kleinen Vorstadt von Hannover immer noch nicht herumgesprochen!

In diesem Augenblick fiel mir die kurze Geschichte dieser Schule wieder ein, die mir einmal ein Kollege beim Bier erzählt hatte:

Diese Schule sei von einem Gremium von einflussreichen Bürgern am Ende der vierziger oder am Anfang der fünfziger Jahre des zwanzigsten Jahrhunderts als Privatschule gegründet worden, weil die öffentlichen Schulen alle zu weit entfernt waren, nämlich in Hannover. Und da sich bereits zu der Zeit ein Lehrermangel abzeichnete, sei es nicht einfach gewesen, Lehrer für eine Privatschule zu bekommen. Da habe man auf Lehrer, die wegen ihrer Nazi-Vergangenheit im öffentlichen Schulwesen keine Stelle bekommen hatten, zurückgegriffen. Wie es schien, auch nicht besonders ungern! Später, am Ende der fünfziger Jahre, habe man diese Schule zu einer staatlichen Schule umgewandelt, ohne einen der „alten" Lehrer zu entlassen, denn Lehrermangel gab es noch immer. Unabhängig von ihrer Vergangenheit seien alle Lehrer übernommen worden. Und der Schulleiter, der damals noch ein junger Mann gewesen sei, sei im Dritten Reich selbst Schüler der Napola (national-politischen Bildungsanstalt) gewesen.

Merkwürdig, dass mir diese Geschichte, deren Wahrheitsgehalt ich übrigens nie nachgeprüft habe, obwohl ich sie von verschiedenen Seiten gehört hatte, gerade jetzt einfiel!

Zurück zu meinem Vorhaben: Ich wollte und musste den Konflikt unter allen Umständen aus der Schwelphase herausholen. Den Angriff bei Dr. Steiger hatte ich eindeutig verloren. Also auf ein Neues. Da gab es ja noch Herrn Greite, vor dem mich mein Informant auch gewarnt hatte. Herr Greite war der Dezernent der Schule bei der Bezirksregierung. Ich musste unbedingt Herrn Greite sprechen. Es war klar, dass ich nicht einfach zu ihm gehen konnte:

„Hier bin ich! Was hat es mit dem Disziplinarverfahren gegen mich auf sich?"

Natürlich musste ich mich bei ihm unter Angabe eines Grundes auf dem Dienstweg anmelden. Aber welchen Grund sollte ich angeben? Und würde er mich überhaupt empfangen?

Ich teilte Herrn Dr. Steiger mit, ich würde mich bei Herrn Greite zu einem Gespräch anmelden. Ich hätte die Absicht, mit ihm über meine berufliche Zukunft nach meinem vierjährigen Auslandsaufenthalt zu reden. Damit war der Dienstweg eingehalten. Gleichzeitig rief ich bei Herrn Greite an und bat um einen Termin mit der gleichen Begründung. Und ich bekam einen in der kommenden Woche. Nun, so ganz ehrlich war meine Begründung ja nicht, aber so ganz unehrlich auch nicht. Denn wenn man mich in einem Disziplinarverfahren verkochen wollte, und das wollte man ja offensichtlich, dann war ein Gespräch über meine berufliche Zukunft durchaus angebracht.

Der Tag des Gesprächs nahte! An jedem Tag, den der liebe Gott ins Land gehen ließ, bereitete ich mich immer wieder neu auf dieses Gespräch vor. Vor allen Dingen war es wichtig, einen guten Einstieg zu finden. Ich überdachte hundert Einstiege mit den jeweils möglichen Antworten seitens des Herrn Greite. So fühlte ich mich, nachdem ich mich nun für einen Einstieg entschieden hatte, gut vorbereitet, als ich auf dem Flur der Bezirksregierung wartend vor der Zimmertür von Herrn Greite saß. Natürlich hatte ich mir zu diesem Einstieg, für den ich mich nach langem Ringen entschieden hatte, etwa hundert mögliche Antworten des Herrn Greite überlegt und dazu wieder Antworten von mir, und so fort.

Ich wurde hereingebeten. Und nach den Präliminarien, Begrüßung, Mantel ablegen etc., kam mein Einstieg:

„Herr Greite, ich habe Sie um diesen Termin gebeten, weil ich mir ein paar Sorgen um meine berufliche Zukunft mache. Insbesondere deshalb, weil ich den Eindruck habe, dass das Verhältnis zwischen Herrn Dr. Steiger und mir im Augenblick nicht sehr gut ist."

Hier hatte ich eine Pause geplant, damit Herr Greite animiert würde, sich erst einmal dazu zu äußern. Ich war gespannt, welche der vielen mögliche Antworten er wählen würde. Die Pause wurde immer länger, so lang, dass ich es kaum noch aushalten konnte. Es schoss mir durch den Kopf, dass Herr Greite Ostfriese war. Und Ostfriesen waren ja schließlich dafür bekannt, nicht die Schnellsten zu sein. Diese Erkenntnis gab mir die Kraft, die Pause noch ein paar Sekunden länger auszuhalten. – Gott sei Dank! Jetzt traf Herr Greite körpersprachliche Vorbereitungen für eine Antwort! Er räusperte sich und wählte eine Antwort, – die ich *nicht* vorbereitet hatte. Die einzige Antwort, da war ich sicher, die ich *nicht* vorhergesehen hatte:

„Ja, das stimmt!"

Ich glaube, ich habe in meinem Leben selten ein so dummes Gesicht gemacht wie in diesem Augenblick. Und ich glaube, die nach dieser Antwort von Herrn Greite eingetretene Pause war noch länger als die vorige. Wenn wir uns in dieser Geschwindigkeit weiter unterhielten, würde es ein langer Abend werden!

Aber ich musste jetzt nachdenken. Ich merkte, wie mein Kopf, auf dessen Funktion ich mich bisher in meinem Leben immer verlassen konnte, den Reservemotor ansprengen ließ. Es war mir plötzlich egal, wie lang die Pause war. Sollte *er* doch etwas sagen. Ich jedenfalls erinnerte mich an einen Spruch, der hieß: Lieber erst einmal nichts tun, bevor man etwas Falsches tut, für dessen Korrektur man lange braucht! – Nachdenken war das Gebot der Stunde! Und ich merkte, meine grauen Zellen liefen auf Hochtouren. Ich war selbst überrascht, dass ich völlig ruhig war, obwohl ich mich doch in der Höhle des Löwen befand. Ich entschied mich völlig kühl, diese Schlacht nicht zu verlieren. In aller Ruhe wiederholte ich das von Herrn Greite Gesagte als Frage:

„Das stimmt, sagten Sie?"

Und wieder sagte ich nichts. Es musste mir gelingen, *ihn* zum Reden zu bringen und selbst wenig zu sagen. Es musste! Und ich spürte in mir eine wachsende Ruhe und Zuversicht, dass es mir gelingen würde. Ich wartete wieder. Und wieder sagte Herr Greite nicht viel. Lediglich:

„Ja! – Ich sagte ´das stimmt!´"

Ich wusste, die Schlacht war in vollem Gange, und mein Gegner war offenbar ein harter Bursche. War es nun auch seine Strategie, wenig zu sagen, oder lag es tatsächlich nur daran, dass er Ostfriese war?

„Wie darf ich das verstehen?" fragte ich mit keinem Wort zu viel.

„Das bedeutet, dass Ihr Eindruck, dass das Verhältnis zwischen Herrn Dr. Steiger und Ihnen im Augenblick nicht sehr gut ist, richtig ist." – Pause –

Wieder hatte er so viel wie nötig, aber so wenig wie möglich gesagt. Ich passte mich seiner Strategie an:

„Das interessiert mich, wieso?" – Pause –

„Und mich interessiert, wieso Sie den Eindruck haben. Sie zuerst!" – Lange Pause –

Aha, so sollte es laufen: Ein paar Mal kurz die Klingen kreuzen und mich zu einem tödlichen Ausfallschritt provozieren! Und dann zum finalen Stoß ansetzen! – Nicht mit mir! Ich musste ihn herausfordern. Ich hatte ja ein paar Trümpfe in der Hand, von denen er nichts wusste.

„Einverstanden! – Ich werde Ihnen zunächst einmal den Eindruck von Herrn Dr. Steiger zu diesem Thema nennen. Als ich ihn vor ein paar Tagen fragte: ´Haben Sie nicht den Eindruck, Herr Dr. Steiger, dass etwas zwischen uns steht, das einer Klärung bedarf´, sagte er wörtlich: ´Nein! – Keineswegs! – Alles in Ordnung!´ Deshalb sehen Sie mich jetzt etwas sprachlos wegen dieser offensichtlichen Diskrepanz zwischen Ihren Worten und denen von Herrn Dr. Steiger, und es wäre mir sehr lieb, wenn Sie diese Diskrepanz, die mich natürlich völlig verunsichert, aufklären könnten!"

Das hatte gesessen! Eine gute Voraussetzung für einen Sieg nach Punkten! Seine Mimik hatte Herr Greite nicht unter Kontrolle. Seine Gesichtszüge waren bei dieser Mitteilung entgleist. Vielleicht war seine Wortkargheit ja doch keine Kampfstrategie sondern ostfriesische Mentalität?

„Soooo? – Das hat Herr Dr. Steiger gesagt? – Das kann ich mir nicht vorstellen!" sagte er deutlich irritiert.

Trotz meines kurzen Zweifels an seiner kämpferischen Absicht durfte ich auf keinen Fall unaufmerksam oder gar nachlässig werden! Aufpassen! Vielleicht war es ja eine Finte!

„Ich weiß, dass es wahr ist, dass er es genau wörtlich so gesagt hat, deshalb konnte ich mir aus dem, was Sie gesagt haben, keinen Reim machen. Und deshalb bitte ich Sie noch einmal, mir *Ihre* Vorstellung von dem, was zwischen Herrn Dr. Steiger und mir steht und was einer Klärung bedarf, mitzuteilen, damit das, was einer Klärung bedarf, nicht noch unklarer wird! – Wenn Sie sich das von Herrn Dr. Steiger Gesagte *nicht* vorstellen können, dann haben Sie ja offenbar eine *andere* Vorstellung!"

Ich ließ meinen Gesprächspartner keinen Augenblick aus den Augen. Es gab zwar eine lange Pause, aber sie erschien plötzlich nicht mehr lang, denn es wurde gearbeitet. Herr Greite, das verriet sein Mienenspiel überdeutlich, leistete Schwerstarbeit. Es hatte den Anschein, als hätte ich im Kampf gegen ihn einen Bundesgenossen bekommen, nämlich ihn selbst. In seinem Gesicht spiegelte sich der Kampf Greite gegen Greite, sag ich's ihm oder sag ich's ihm nicht! Und ich arbeitete auch schwer: Ich beobachtete ihn. Jede noch so kleine Zuckung in seinem Gesicht nahm ich wahr. Ich war auf der Siegerstraße! – Hier stand zwar nicht der Sieg bezüglich des Krieges zur Debatte, hier ging es nur um den Sieg dieser Schlacht! Der eigentliche Krieg hatte gerade erst angefangen!

Die Gesichtszüge des Herrn Greite entspannten sich geringfügig. Offenbar hatte er sich entschlossen, reinen Tisch zu machen:

„Herr Steiger hat sich sehr über Ihre Flugblattaktion geärgert. Das steht zwischen Ihnen!"

Ach so! – Doch keinen reinen Tisch! Die Informationen werden also häppchenweise herausgelassen! Das kann ich parieren:

„Welche Flugblattaktion genau meinen Sie, Herr Greite?"

„Wieso? Gab es denn da mehrere? – Ich meine die Aktion, bei der Sie alle Eltern der Schule durch ein Flugblatt über dienstliche Interna informiert haben. Und dass Herr Steiger sich darüber ärgert, kann ich gut verstehen!"

Aha, so lief der Hase also: Partielle Informationen machen den Fall griffiger! – Ohne mich!

„Da bin ich ganz Ihrer Meinung, Herr Greite!" – Pause –

Ich genoss sein irritiertes Mienenspiel. „Hätte ich wirklich alle Eltern der Schule durch ein Flugblatt über dienstliche Interna informiert, so könnte ich gut verstehen, dass etwas Gravierendes zwischen Herrn Dr. Steiger und mir stünde."

„Zum Donnerwetter! Haben Sie das denn nicht getan?" wetterte Herr Greite und unterstützte dadurch mein positives Gefühl hinsichtlich des Standes der Schlacht.

„Nein! Das habe ich nicht getan!" – Ich kramte ein Blatt Papier und einen Kugelschreiber aus meiner Jackentasche und sagte:

„Sie gestatten, Herr Greite, dass ich mir jetzt ein paar Notizen mache!"

„Nein! Das gestatte ich nicht! – Es handelt sich hier um ein informelles Gespräch. Und dabei werden sich keine Notizen gemacht!"

Ich erhob mich steif und sagte:

„Dann nehmen Sie bitte zur Kenntnis, dass ich dieses informelle Gespräch als beendet betrachte. Immerhin hat dieses informelle Gespräch ergeben, dass es in der Bezirksregierung über mich einige falsche Informationen gibt, die offenbar Herrn Dr. Steiger als Quelle haben, die mir aber nicht bekannt sind. Sie werden verstehen, denn Sie kennen ja das Beamtengesetz und alle darauf basierenden Verordnungen, dass die Basis für ein informelles Gespräch zwischen Ihnen und mir nicht mehr existiert."

Ich verbeugte mich leicht und ging auf meinen Mantel zu.

„Himmel-Donnerwetter!" brüllte Herr Greite.

Wie vom Donner gerührt und innerlich ein wenig belustigt blieb ich stehen. Nun stand es unwiderruflich eins zu null für mich! Es war mir gelungen, ihn aus der Reserve zu locken! Etwas leiser, aber immer noch erregt, fuhr er fort:

„Jetzt setzen Sie sich wieder hin! Und in Gottes Namen machen Sie sich Notizen!"

Ich setzte mich nach kurzem Zögern wieder hin, zückte Stift und Papier und sah ihn erwartungsvoll an. Er fuhr fast bittend fort:

„Nun erzählen Sie mir doch mal, wie es denn wirklich war!"

„Oh nein, Herr Greite! Zunächst einmal: *Informell* habe ich mich an Sie um Rat und Hilfe gewandt. Sie haben mir bei der Gelegenheit mitgeteilt, dass mein Schulleiter sich bei Ihnen über mich beschwert hat. Sie haben mir ferner „Informationen" meines Schulleiters genannt, die eindeutig falsch sind, deren Falschheit Sie aber nicht erkannt haben. Im Gegenteil: Die Art, wie Sie sie mir zur Kenntnis gegeben haben, lässt den Schluss zu, dass Sie sie für wahr halten, ohne mit mir Rücksprache gehalten zu haben. Dann verbieten Sie mir, dass ich mir Notizen mache. – Für mich bedeutet das: Dies ist kein Ort, an dem ich ein informelles, vertrauensvolles Gespräch führen kann. – Ich habe nur noch eine Frage an Sie, und diese Frage hat den einzigen Zweck, die Angelegenheit für *alle* Beteiligten nicht noch schlimmer zu machen, als sie ohnehin schon ist: Liegt Ihnen die Beschwerde von Herrn Dr. Steiger in schriftlicher Form vor? Oder handelt es sich um eine mündliche Beschwerde? – Und bevor Sie antworten: Falls Sie mir jetzt sagen, sie liege nur mündlich vor, und falls sie doch schriftlich vorgelegen haben sollte, ohne dass ich davon eine Ahnung hatte, dann (lange Pause) dann behalte ich mir weitere Schritte vor. Also: Liegt Ihnen die Beschwerde von Herrn Dr. Steiger in schriftlicher Form vor?"

In diesem Moment hatte ich das Gefühl, Herr Greite sei um zehn Jahre gealtert. Er antwortete mit einem knappen „Ja!"

„Ich werde diesen Raum nicht verlassen, bevor ich eine vollständige Kopie der Beschwerde in den Händen halte, nehmen Sie das bitte zur Kenntnis, Herr Greite!"

Ich widmete mich dann mit meiner ganzen Aufmerksamkeit meinem Papier, indem ich mir Notizen machte. Ich sah nicht auf, als Herr Greite den Raum verließ. Diese Schlacht hatte ich eindeutig gewonnen, und zwar nicht nur nach Punkten, daran gab es keinen Zweifel. Es sah nach einem K.O. aus. Trotz aller

Anstrengung, die mich diese Unterredung gekostet hatte, beschlich mich ein Gefühl ungeheurer Fröhlichkeit. Zwar wusste ich im Hinterkopf, dass die nächsten Schlachten in diesem Krieg fürchterlich werden würden, aber die Fröhlichkeit über meinen momentanen Sieg wollte ich mir nicht nehmen lassen.

Nach etwa zehn Minuten kam Herr Greite wieder in sein Zimmer. Ich stand auf. Er reichte mir wortlos eine Kopie des Beschwerdeschreibens. Ich blätterte sie kurz durch: Die Seitenzahlen waren fortlaufend. Dann nahm ich meinen Mantel, verbeugte mich kurz zu Herrn Greite und verschwand.

Es war mir gelungen, den Schwelbrand zu einem offenen Feuer werden zu lassen. Ich hatte den Eindruck, dass es tatsächlich nichts Schriftliches mehr gab, das zu diesem Fall gehörte. Aber ich hinterließ einen Dezernenten, der mit dem Ausgang dieser Schlacht nicht zufrieden sein konnte. Vielleicht hatte er sogar ähnliche Gefühle, wie ich sie nach dem Gespräch mit Herrn Dr. Steiger hatte. Nun war es ein offizieller Fall, ein Disziplinarverfahren. Und für den weiteren Verlauf würden sich Herr Greite und Herr Dr. Steiger sicher sehr viel besser vorbereiten.

Dieser Krieg würde fürchterlich werden, schwante es mir. Und es kamen leichte Zweifel auf, ob ich ihn überleben würde. – Zum Glück hatten sich diese Gedanken meiner nur kurzzeitig bemächtigt. Dann gelang es mir, mich wieder zu motivieren nicht aufzugeben. Alle einschlägigen Rechts- und Verwaltungsvorschriften waren schließlich auf meiner Seite. Aber es war nicht einfach, sich am eigenen Schopf aus dem Sumpf negativer Gedanken zu ziehen.

Es gab eine Menge zu tun. Zunächst einmal musste ich eine Gegendarstellung zu dem fünfseitigen Beschwerdeschreiben anfertigen. Aber da ging es schon los. Das war nicht einfach. Als ich mehrere erfolglose Anfänge zu Papier gebracht und wieder verworfen hatte, kam ich zu dem Schluss, ich bräuchte einen Anwalt. Schließlich ging es um nichts Geringeres, als um meine berufliche Existenz! Aber welchen Anwalt sollte ich nehmen?

Ich erinnerte mich daran, dass ich ja Mitglied des Philologenverbandes und als solches rechtsschutzversichert war. Also suchte ich den Justitiar des Verbandes auf.

Schon während ich den Fall in großen Zügen schilderte, hatte ich das Gefühl, er hörte mir nur halb zu. Als ich den Namen Dr. Steiger erwähnte, hob er kurz eine Braue. Da wurde mir klar, dass ja auch Herr Dr. Steiger Mitglied des Verbandes war. Und nach meiner Schätzung war der Justitiar etwa im gleichen Alter wie Herr Dr. Steiger. Sicher kannten sich die beiden. Als ich mit meiner Schilderung fertig war, gab er mir ein paar schlappe Tipps, derer ich nicht bedurft hätte, zum Beispiel, ich müsse eine Gegendarstellung schreiben. Aber sein Hauptanliegen war, mir ins Gewissen zu reden, dass es sich für einen jungen Kollegen nicht gehörte, die Schule in der Öffentlichkeit so zu diffamieren. Hatte er nicht zugehört? Das hatte ich nicht gesagt! Ich war verärgert, tat aber so, als merkte ich nicht, dass ich hier falsch war. Im Gegenteil! Ich sagte ihm, dass ich mich gern im Laufe des Falles wieder an ihn wenden würde, wenn ich nicht weiter wisse. Wir verabschiedeten uns sehr freundlich voneinander, und er versicherte mir, dass ich ihn jederzeit um Rat fragen könne.

Das war nicht mein Anwalt, so viel war mir klar.

Ich brauchte dringend jemanden, mit dem ich über den Fall vertrauensvoll sprechen konnte, der aber möglichst auch über die schulischen Verhältnisse Bescheid wusste. Der einzige, der mir einfiel, war der Kollege, von dem ich die Idee der „merkwürdigen"

Unterrichtsverteilung hatte. Ich fragte ihn. Mir fiel ein Stein vom Herzen, als er einwilligte.

Wir saßen zwei, drei Nachmittage zusammen und walzten jedes Detail aus wie einen Kuchenteig. Erstaunlich, wie viel mehr Ideen man zu zweit haben kann als allein! Je länger wir zusammensaßen, desto wütender wurden wir auf Herrn Dr. Steiger und Herrn Greite. Aber das brachte uns nicht wirklich weiter. Da hatte mein Kollege eine Idee:

„Du, Otto, da gibt es einen jungen aufstrebenden Rechtsanwalt, der vor kurzem die Fluglotsen bei ihrem Arbeitskampf sehr erfolgreich vertreten hat. Das ist der richtige Mann für Dich! Den brauchst Du!"

Das war, wie sich in dem gesamten Verlauf immer wieder neu bestätigte, die rettende Idee. Herr Ziegler, der Anwalt, ein junger dynamischer Mann, machte auf mich vom ersten Moment an einen Super-Eindruck. Schon als ich den Fall schilderte, zeigte er, dass er zuhören konnte. Er zeigte Interesse, stellte an den richtigen Stellen die richtigen Fragen und schloss die Informationsphase ab mit den Worten: „Herr Bürckner, ich möchte Ihnen nicht verschweigen, dass ich Herrn Dr. Steiger kenne. Ich habe bei ihm Abitur gemacht. Aber Sie brauchen keine Angst zu haben: Ich bin weder verwandt noch verschwägert mit ihm und habe auch nicht die Absicht, ihn zu schonen. Das, was er da gemacht hat, schlägt dem Beamtenrecht ins Gesicht. Ich freue mich auf den Fall!"

Wir verabredeten, dass ich eine Gegendarstellung zu dem Beschwerdeschreiben aufsetzen und diese, bevor sie abgeschickt würde, ihm zur juristischen Überarbeitung geben solle. Und er schlug vor, dass er als Anwalt vorerst im Hintergrund bleiben wolle. Dann hätten wir alle Chancen, dass die Gegenseite sich in noch mehr Fehler verstricke. – So taten wir es.

Nachdem ich den Fall in allen Einzelheiten mit Herrn Ziegler erörtert hatte und die juristischen Grundlagen für jede noch so unbedeutende Maßnahme genau kannte, ging ich mit meinem Wissen zum Verbandsjustitiar. Das machte ich öfter. Und jedes Mal, wenn er mich mit seinem üblichen Wischiwaschi abspeisen wollte, dann fragte ich ganz gezielt nach unter Nennung der einschlägigen juristischen Grundlage. Zu Anfang machte ihn das stutzig und er schaute drein, als habe er noch nie einen Gymnasiallehrer erlebt, der Bescheid wusste und sich nicht über den Löffel barbieren ließ. Jedes Mal schlug er die juristische Grundlage in einem dicken Buch nach, und jedes Mal gab er mir seinerseits noch einen zusätzlichen Tipp. Es kam mir vor, als wollte er nicht so dastehen, als würde *er* belehrt und nicht ich. Ich bedankte mich stets artig für den Tipp. Diesen wiederum flocht ich später geschickt in das Gespräch mit Herrn Ziegler ein, um seine Reaktion darauf zu testen. So wusste jeder von beiden Anwälten mit der Zeit, dass er sich sorgfältig auf einen Termin mit mir vorbereiten musste.

Für Mathematiker eine kurze Bemerkung: Das schien mir eine gelungene Anwendung des mathematischen Prinzips der Intervallschachtelung zu sein, um etwas auf den Punkt zu bringen, mindestens metaphorisch!

Kurze Zeit, nachdem meine Gegendarstellung bei der Bezirksregierung eingetroffen war, wurde von Herrn Greite eine Dienstbesprechung unter seinem Vorsitz im Dienstzimmer des Schulleiters anberaumt. Ich hatte im Lehrerzimmer auf Abruf zu warten, während Herr Greite und Herr Dr. Steiger bereits vorher konferierten. Ich wusste zu der Zeit nicht, dass auch der

Personalrat der Schule mit seinen fünf Mitgliedern bereits an der Vorkonferenz teilnahm.

Als ich gerufen wurde und das Zimmer betrat, schlug mir eine eisige Atmosphäre entgegen, und ich war ziemlich sicher, dass die Anzahl der Sauerstoffmoleküle in dem Zimmer eine kritische Untergrenze erreicht hatte. Herr Greite sah mich mit einem beinahe tötenden Blick an. Alle anderen sahen zu Boden.

Selbstverständlich hatte ich die Vorladung im Detail mit meinen Anwälten besprochen. Herr Ziegler hatte angeboten, mich zu begleiten, allerdings mir geraten, diese Besprechung allein durchzustehen. Ich sollte mich nur – selbst bei allerhöchstem Druck, den man möglicherweise auf mich ausüben würde – strikt daran halten, dass ich keine Aussage machte, die nicht schon in der Gegendarstellung geschrieben sei. Selbst wenn man auf eine Antwort drängen würde, sollte ich mir die Frage notieren und sagen: Ich werde darüber nachdenken. Niemand könne von mir verlangen, in einer solchen Situation alle Imponderabilien zu bedenken. Das schrieb ich mir hinter die Ohren!

Herr Greite eröffnete die Schlacht, pardon: die Verhandlung mit den Worten:

„Herr Bürckner, ich habe Sie zu dieser Dienstbesprechung gebeten, weil es noch einige Fragen im Rahmen Ihres Disziplinarverfahrens gibt, die einer Klärung bedürfen. Ich lasse durch die Sekretärin, Frau Meyer, mitstenographieren, so dass wir am Ende der Sitzung ein genaues Wortprotokoll haben, welches wir dann alle unterschreiben. Es gibt in diesem Fall einen neuen Sachverhalt: Der Personalrat der Schule hat sich über Ihr Verhalten beschwert. Er sieht darin, dass Sie in Ihrer Statistik die verschiedenen Lehrertypen gegeneinander ausspielen, den Arbeitsfrieden an dieser Schule erheblich gestört."

Aha! Daher wehte der Wind. Die bisherigen Fehler sollten durch die Flucht nach vorn ausgebügelt werden. Niemand vom Personalrat konnte mich ansehen. Ich wette, der Personalrat war zu diesem Entlastungsangriff verdonnert worden. Aber im Augenblick hatte ich keine Zeit, weiter darüber nachzudenken.

Ich nahm in aller Ruhe, obwohl ich durch das Szenario schon beeindruckt war, Stift und Papier heraus, um mir Notizen zu machen. Harsch, ja fast hysterisch, wurde ich von Herrn Greite angefahren:

„Sie machen sich jetzt keine Notizen! Es gibt nur *ein* Protokoll, und das schreibt Frau Meyer!"

Ich schrieb den angefangenen Satz zu Ende. Herr Greite schrie:

„Ich verbiete Ihnen, sich Notizen zu machen!"

Wer schreit, hat Unrecht! Eine alte Weisheit meiner Großmutter! Ich ergänzte in Gedanken: Mindestens hat er etwas zu verbergen!

Indem ich meinen Tonfall und meine Lautstärke stark kontrollierte, sagte ich, und die Lautstärke des von mir Gesagten stand in krassem Gegensatz zu dem Geschrei von Herrn Greite:

„Unter diesen Bedingungen ist unsere Besprechung schon beendet, bevor sie richtig angefangen hat. Frau Meyer! Bitte schreiben Sie ins Protokoll, dass ich erstens von Herrn Greite in einer meines Erachtens völlig unangemessenen Weise angeschrieen werde, dass mir zweitens von Herrn Greite verboten wird, Notizen zu machen, und dass ich drittens die Besprechung unter diesen Bedingungen verlasse."

Ich kramte umständlich mein Papier und meinen Stift zusammen und wollte aufstehen. Mit Absicht nahm ich mir dabei sehr viel Zeit, denn natürlich wollte ich nicht gehen, sondern die Bedingungen dafür schaffen, zu gewinnen. In der Tat, ich hatte einen ersten Hieb gelandet.

Herr Greite sprach mich erheblich leiser an. Natürlich merkte man, er hatte Dampf auf dem Kessel, aber er hielt den Deckel drauf:

„Herr Bürckner, fangen wir noch einmal an! Es liegen zwei Beschwerden gegen Sie vor, eine schriftliche durch den Schulleiter und eine mündliche durch den Personalrat. Und diese Beschwerden haben wir jetzt hier zu bearbeiten. Und solche Besprechungen laufen nach bestimmten Bedingungen ab, die wir festsetzen und nicht Sie."

Ich nutzte eine kleine Pause, um einzuhaken:

„Das genau habe ich verstanden, Herr Greite. Und das ist der Grund, weshalb diese Besprechung ohne mich stattfindet. Denn ich nehme nur dann an einer Besprechung teil, wenn die Bedingungen auch mir zusagen. Und das tun sie überhaupt nicht. Frau Meyer, haben Sie meinen Satz von vorhin protokolliert?"

Frau Meyer sah hilflos um sich. Herr Greite kam ihrer Antwort zuvor:

„Nein! Das hat Frau Meyer nicht protokolliert! Das gehört nicht ins Protokoll!"

Ich stand auf und sagte:

„Meine Damen, meine Herren! Ich werde jetzt diese Besprechung verlassen und mich noch ein Viertelstündchen im Lehrerzimmer aufhalten, falls Sie es sich doch noch anders überlegen. Lassen Sie sich ruhig Zeit, dann habe ich auch Zeit genug, das Schulverwaltungsblatt daraufhin zu durchforsten, nach welchen Rechtsgrundsätzen eine solche Besprechung abzulaufen hat. Ich danke Ihnen." – Und verschwunden war ich.

Im Lehrerzimmer machte ich mir eilig Notizen über den bisherigen Verlauf, denn noch hatte ich ja alles fast wörtlich im Kopf.

Nach einiger Zeit, ich habe nicht auf die Uhr gesehen, kam Frau Meyer ins Lehrerzimmer und sagte:

„Herr Bürckner, ich soll Sie holen." Und dann fügte Sie im Flüsterton hinzu: „Das tut mir leid, ich habe mich um die Rolle der Protokollantin nicht gerissen. – Ich glaube, die wollen Sie abschießen! – Aber warum müssen Sie denn den armen Dr. Steiger auch so ärgern!"

Ich ging auf den Flur und sagte laut:

„Danke, Frau Meyer. Ich gehe eben noch schnell zur Toilette und dann komme ich."

Als ich den Raum betrat, herrschte die gleiche Atmosphäre wie beim ersten Mal. Herr Greite nahm das Wort, diesmal sehr leise, fast väterlich:

„Herr Bürckner, wir haben uns entschlossen, es noch einmal zu versuchen. Keiner der Anwesenden hat etwas dagegen, wenn Sie sich Notizen machen. Dessen ungeachtet wird Frau Meyer das offizielle Protokoll führen."

Ich schaute in die Runde und sagte:

„Ich bedanke mich. Unter diesen Bedingungen bin ich zunächst einmal einverstanden."

Keine Reaktion von den Beteiligten!

Und dann ging es los. Herr Greite stellte mir Fragen. Jede Frage notierte ich mir. Und wenn ich diese Frage bereits in meinem Schreiben behandelt hatte, blätterte ich, bis ich die Antwort hatte, verlas den Text und sagte dazu:

„Ich denke, das ist klar formuliert."

Ich merkte, dass der Druck auf dem Kessel des Herrn Greite enorm gestiegen war, und ich vermutete, dass er in den nächsten Minuten keineswegs sinken würde. Eine Explosion schien unausweichlich. Immer wenn Herr Greite Fragen stellte, die die „neue Beschwerde" betrafen oder die bisher in der „alten Beschwerde" nicht zur Diskussion gestanden hatten, wiederholte ich die Frage mit meiner Frage:

„Ist das so richtig?"

Dann notierte ich die Frage, und ich antwortete stereotyp:

„Ich werde darüber nachdenken. Sie bekommen die Antwort dann schriftlich."

Irgendwann, als mal eine etwas größere Pause eintrat, – ich vermute, Herr Greite brauchte diese Pause, um einen Praecox zu verhindern – sagte ich mit einem wohlwollenden Blick auf die Personalratsvorsitzende:

„Es wäre besser gewesen, Sie hätten Ihre Beschwerde auch schriftlich formuliert. Das würde mir das lästige Aufschreiben der Fragen ersparen, und alles ginge viel zügiger."

Da hatte ich aber dem Herrn Greite seine dringend notwendige Pause gründlich vermasselt. Statt den Druck fallen zu lassen, explodierte er:

„Jetzt ist das Maß voll! Beantworten Sie gefälligst die Fragen, ohne dumm herumzureden. Ich bin es leid, an der Nase herumgeführt zu werden. Ich will, dass Sie jede Frage beantworten, und zwar jetzt sofort!"

Ich antwortete scheinbar überrascht:

„Ich denke, es kommt Ihnen darauf an, die Wahrheit zu finden und fundierte Antworten zu bekommen. Oder möchten Sie, dass ich spontan, womöglich sogar unüberlegt antworte? Das kann doch nicht in Ihrem Sinne sein! – Oder wollen Sie gar nicht die Wahrheit herausfinden?"

Das totale Chaos: Alles redete durcheinander, sogar Mitglieder des Personalrats, die bisher immer nur zu Boden gesehen hatten, redeten dazwischen. Frau Meyer ruderte hilflos mit den Armen, als wolle sie ihren Stenoblock in die Ecke werfen und die Flucht ergreifen. – Wie gesagt: Das totale Chaos!

Der erste, der sich offenbar an seine eigenen Worte erinnerte, dass eine solche Besprechung nach bestimmten Bedingungen ablaufe, war Herr Greite. Dieser erhob seine Stimme:

„Meine Damen und Herren! – Bitte! – Meine Damen und Herren! – Bitte beruhigen Sie sich!"

Das Durcheinandergerede ebbte langsam ab. Herr Greite ergriff noch einmal das Wort. Er schien sich wieder im Hinblick auf seine Wortwahl und seinen Tonfall im Griff zu haben:

„Herr Bürckner, so kommen wir doch nicht weiter, das müssen Sie doch einsehen. – Ich möchte Sie bitten, nicht jede Frage zu notieren und immer in Ihrem Text nachzuschlagen. Lassen Sie uns doch wie vernünftige Menschen reden. Wenn ich Ihnen eine Frage stelle, können Sie doch antworten!"

Wieder erhob sich ein Gemurmel, und dadurch ergab sich eine kleine Pause. Als das Gemurmel abebbte, tat ich so, als müsse ich mich an das zuletzt von Herrn Greite Gesagte erinnern. Ich bat Frau Meyer, die letzte Frage von ihm noch einmal vorzulesen. Wie ich mir das vorgestellt hatte, las Frau Meyer:

„Herr Bürckner, so kommen wir doch nicht weiter, das müssen Sie doch einsehen. – Ich möchte Sie bitten, nicht jede Frage zu notieren und immer in Ihrem Text nachzuschlagen. Lassen Sie uns doch wie vernünftige Menschen reden. Wenn ich Ihnen eine Frage stelle, können Sie doch antworten!"

„Und meine Aussage davor, Frau Meyer?" fragte ich in einem völlig unverdächtigen Tonfall.

„Die habe ich nicht mitgeschrieben, Herr Bürckner," sagte Frau Meyer kleinlaut.

„Ich weiß sie noch. Dann schreiben Sie sie doch jetzt bitte auf. Ich sagte wörtlich: Ich denke, es kommt Ihnen darauf an, die Wahrheit zu finden und fundierte Antworten zu bekommen. Oder möchten Sie, dass ich spontan, womöglich sogar unüberlegt antworte? Das kann doch nicht in Ihrem Sinne sein! – Oder wollen Sie gar nicht die Wahrheit herausfinden? – Und das ist auch die Antwort auf Ihre letzte Frage, Herr Greite."

Herr Greite war außer sich, bemühte sich aber um einen halbwegs sachlichen Ton:

„Frau Meyer, das schreiben Sie bitte nicht! Das gehört nicht ins Protokoll!"

Die Besprechung zog sich gut zwei Stunden hin, weil ich natürlich von meiner Strategie nicht abwich. Mehrere Male noch wurde Frau Meyer trotz meiner ausdrücklichen Bitte verboten, einen von mir gesagten Satz zu protokollieren. Schließlich wurde die Besprechung von Herrn Greite abgebrochen. Ich wurde angewiesen, im Lehrerzimmer zu warten, bis ich zur Unterschrift unter das Protokoll gerufen würde. Frau Meyer und ich verließen den Besprechungsraum, alle anderen blieben dort, offenbar zu einer Nachbesprechung.

Sieben gegen einen! Was für eine unfaire Schlacht! Aber wenn ich sie gewinnen würde, hieße es „sieben auf einen Streich"!

Im Lehrerzimmer protokollierte ich für mich die „Besonderheiten" dieser Besprechung. Unter anderem formulierte ich den folgenden Satz, den ich handschriftlich unter das Protokoll schreiben wollte:

„In dieses Protokoll wurden trotz meiner ausdrücklichen Bitten mehrfach Sachverhalte wegen des ausdrücklichen Verbots durch Herrn Greite nicht aufgenommen. Ich bin mit der Verhandlungsführung und mit dem Inhalt des Protokolls nicht einverstanden."

Nach einiger Zeit wurde ich erneut in das Besprechungszimmer gerufen. Man legte mir das Protokoll zur Unterschrift vor. Ich las es offenbar zum Entsetzen aller anderen in aller Ruhe durch. Dann fragte ich, ob das das einzige Exemplar sei. Ich erbat eine Kopie dieses Protokolls. Diese wurde mir von Herrn Greite wortreich verwehrt. Daraufhin teilte ich ihm mit, dass er dann auch nicht mit meiner Unterschrift rechnen könne. Gleichzeitig schrieb ich in meine Notizen und las es halblaut, während ich schrieb:

„Protokollkopie verwehrt!"

Herr Greite explodierte wieder in seiner unnachahmlichen, ostfriesischen Art. Ich stand auf und sagte:

„Ich unterschreibe nicht, wenn ich keine Kopie bekomme!" und verließ den Raum.

Fünf Minuten später hielt ich eine Kopie in Händen. Ich setzte mich wieder und verglich zum Ärger der Anwesenden die Kopie mit dem Original. Herr Greite konnte es wohl nicht mehr aushalten. Er verließ das Zimmer und ging ins Sekretariat. Diese Gelegenheit nutzte ich, und begann, meinen Satz unter das Original zu schreiben. Ich kam bis „In dieses Protokoll wurden trotz meiner ausdrücklichen Bitten mehrfach Sachverhalte wegen des ausdrücklichen Verbots durch Herrn Greite nicht aufgenommen. Ich bin".

Man hatte Herrn Greite informiert. Dieser kam laut schimpfend herein und schrie:

„Aufhören! – Hören Sie auf zu schreiben! Sie sollen nur unterschreiben, sonst nichts!"

Ich notierte mir diesen Satz in meine Unterlagen. Dann sagte ich:

„Ich brauche nur noch einen Satz, nämlich: Ich bin mit dem Inhalt des Protokolls und der Verhandlungsführung nicht einverstanden. Dann unterschreibe ich."

Herr Greite riss mir laut schimpfend das Original unter der Feder weg. So blieb das Protokoll von mir ununterschrieben.

Ich verließ den Raum und ging nach Hause. Am nächsten Tag saß ich bei meinem Anwalt und berichtete. Er lobte mich sehr. Ich war ein wenig skeptisch. Ich konnte nicht so recht einschätzen, ob ich die gestrige Schlacht gewonnen oder verloren hatte. Mein Anwalt beruhigte mich:

„Diese Schlacht haben Sie eindeutig gewonnen. Sie setzen sich jetzt hin und schreiben Ihrerseits zu diesem Fall ein Gedächtnisprotokoll, quasi eine Gegendarstellung, in welche Sie beispielsweise aufnehmen, dass Sie mit der Verhandlungsführung und mit der Protokollführung nicht einverstanden waren."

Ich unterbrach ihn, indem ich ihm sagte, das hätte ich bereits fertig. Er solle es sich doch einmal ansehen. Ich reichte ihm mein Gedächtnisprotokoll. Er las es, und während er es las, entfuhr es ihm immer wieder: „Großartig!" Das war auch sein Gesamturteil:

„Das ist einfach großartig! – Dazu machen Sie ein Anschreiben: An die Bezirksregierung etc., Betrifft: Aktenzeichen, Disziplinarverfahren etc.. Sehr geehrte Damen und Herren, in der Anlage übersende ich und so weiter mit der Bitte, dieses zu den Akten zu nehmen. Mit freundlichem Gruß. – Und dann wollen wir doch mal sehen. Und wenn es noch eine Verhandlung gibt, dann würde ich wieder vorschlagen, Sie machen das allein. Besser könnten wir es zu zweit auch nicht, aber der Effekt ist viel größer, wenn die Herren ohne gegnerischen Rechtsanwalt verlieren. Das wurmt sie, das können Sie mir glauben!"

In diesem Fall ging ich gar nicht erst zu meinem Verbandsanwalt, sondern setzte die Vorschläge von Herrn Ziegler in die Tat um.

Dann war es etwa sechs Wochen lang ruhig. War das ein Indiz für den Sieg oder die Ruhe vor dem Sturm?

In dieser Zeit war im Schulverwaltungsblatt eine Stelle als Fachleiter für Mathematik am Studienseminar in Leer/Ostfriesland ausgeschrieben. Ich las sie mehrmals, und je öfter ich sie las, um so mehr schien es mir so, als sei sie mir auf den Leib geschrieben.

Ich ging zu Herrn Ziegler und besprach die Situation. Das Ergebnis: Wenn die Bezirksregierung Weser-Ems (in Osnabrück) beim augenblicklichen Stand meine Personalakte bekäme, hätte ich keine Chance. Wenn die Bezirksregierung Hannover beim augenblicklichen Stand von meiner Bewerbung erführe, würden sie vielleicht absichtlich langsam arbeiten, damit die Informationen über das Disziplinarverfahren auch bestimmt zu der Bezirksregierung Weser-Ems gelangten. Auch dann hätte ich keine Chance.

Was blieb, war: Ich musste mich quasi am letzten Tag der Bewerbungsfrist bewerben, niemandem etwas davon sagen und hoffen, dass der Fall rechtzeitig zu meinen Gunsten entschieden würde, bevor Osnabrück die Personalakte anforderte. – Ein Hochseilakt! – Aber was blieb mir anderes übrig? In diesem Falle müsste ich dann eventuell sogar den vorgeschriebenen Dienstweg umgehen!

Dazu kam es nicht: Vier Tage vor dem Ende der Bewerbungsfrist bekam ich von der Bezirksregierung auf dem Dienstweg, von Herrn Dr. Steiger abgezeichnet, den folgenden Brief:

„Sehr geehrter Herr Bürckner, hiermit teilen wir ihnen mit, dass das o. g. Disziplinarverfahren gegen Sie eingestellt ist. Mit freundlichen Grüßen."

Ich bewarb mich sofort. Am selben Nachmittag war ich bei Herrn Ziegler. Der haute mir auf die Schulter und freute sich mit mir. Dann aber erhob er seine Stimme mahnend:

„Der Fall ist für Sie noch nicht vorbei!"

Dann gab er mir detaillierte Anweisungen für die nächsten Tage:

„Sie müssen sofort schriftlich die Einsicht in ihre Personalakte verlangen. Diese Einsicht *m u s s* Ihnen gewährt werden, und zwar in Gegenwart eines Beamten. Achten Sie darauf, dass Sie nicht mit der Personalakte allein sind. Es steht Ihnen frei, sich Notizen zu machen oder sich ganze Seiten kopieren zu lassen, nur herausnehmen dürfen Sie nichts. Passen Sie ja auf, dass nichts mehr von diesem Fall drin ist, sonst können Sie sich Ihre Bewerbung in den Schornstein schreiben!"

Ich schrieb mir seine Worte hinter die Ohren, nicht zuletzt auch deshalb, weil er die Formulierung „in den Schornstein schreiben" benutzt hatte, die ich als Standardformulierung meiner Großmutter kannte.

Ich fragte:

„Und was ist, wenn noch etwas davon drin ist?"

Dann schreiben Sie sich die Seitenzahlen davon auf, und die Überschriften und machen Sie dann Rabatz. Das können Sie ja viel besser als jeder andere, nicht wahr?"

Ja, das konnte ich offenbar!

„Etwas kann jeder!" sagte ich beim Hinausgehen. Diesen Spruch hatte ich mir von einem meiner Lehrer gemerkt. Das war auch das einzige, was von ihm bemerkenswert war.

Am nächsten Morgen gab ich meinen Antrag auf Einsicht in die Personalakte bei Frau Meyer im Sekretariat ab.

„Sie geben wohl nie auf, was?" war ihr Kommentar. Und dann fügte Sie im Flüsterton hinzu: „Ich gratuliere zum Ausgang Ihres Verfahrens!"

Ich entgegnete, ebenfalls im Flüsterton: „Danke!"

Ein paar Tage später hatte ich meinen Termin. Ein netter Herr führte mich in einen kleinen Raum hinter seinem Büro, in dem lediglich ein Schreibtisch und ein Stuhl stand. Viel mehr passte auch nicht hinein. Der Raum ließ sich nur durch sein Büro betreten und natürlich auch wieder verlassen. Dort wurde mir meine Akte vorgelegt. Mit den Worten „viel Spaß!" verließ mich der freundliche Herr wieder, ließ aber die Tür zu seinem Raum offen. Ich vertiefte mich in meine Akte. Zunächst war ich von den ersten Seiten, insbesondere von meinen hervorragenden Beurteilungen, so eingenommen, dass ich beinahe vergaß, weshalb ich hier war. Also blätterte ich. Ich blätterte! – Und plötzlich traf mich fast der Schlag. – Da war die „Klageschrift" von Herrn Dr. Steiger, dort war meine Gegendarstellung, dort war das Protokoll von der Besprechung im Schulleiterzimmer, allerdings ohne meine unfertige Bemerkung, aber mit allen Unterschriften, außer meiner, und da war mein Zusatzprotokoll. Darüber hinaus gab es noch einen Zettel mit ein paar handschriftlichen Notizen von Herrn Greite bezüglich eines Telefongesprächs mit Herrn Dr. Steiger. Ich musste mich erst einmal sammeln, bevor ich mir natürlich die nötigen Notizen machte. Damit hatte ich nicht gerechnet! – Donnerwetter! Ziegler, der junge alte Fuchs! Wenn der nicht mit allen Wassern gewaschen wäre, dann ...!

Ich ging hinaus zu dem freundlichen Herrn, dessen Namen ich leider vergessen habe. Ich teilte ihm mit, dass ich auf der Stelle Herrn Greite, und falls der nicht im Hause sei, seinen Vertreter zu sprechen wünschte. Es sei dringend, übrigens auch im Sinne von Herr Greite.

Er griff zum Telefon und teilte es Herrn Greite fast in meinen Worten mit. Dann legte er auf und sagte, ich solle jetzt sofort zu Herrn Greite hochgehen. Er wollte mir meine Akte in die Hand geben.

„Auf keinen Fall!" sagte ich. „Diese Akte ist von einer derartigen Brisanz, die fasse ich nicht mehr an. Bitte, tragen Sie sie! – Und ich möchte Sie bitten, sich eben einmal anzusehen und aufzuschreiben, dass die Seiten Nummer – und hier nannte ich nacheinander die Seitennummern – sich in dieser Akte befinden. Ich brauche Sie für eine Schadenersatzklage als Zeugen."

Er machte turmgroße Augen, schrieb sich die Nummern auf und trug die Akte eine Etage höher zu Herrn Greite. Unterwegs bat ich ihn noch, bei der kurzen Besprechung mit Herrn Greite als mein Zeuge dabeizubleiben, auch wenn ihn Herr Greite hinauswerfen würde. Dann traten wir bei Herrn Greite ein.

Ich wollte mir die Regie nicht aus der Hand nehmen lassen. Deshalb begann ich nach einer sehr kurzen Begrüßung:

„Herr Greite, der ganze Fall befindet sich, obwohl das Verfahren eingestellt ist, noch in meiner Akte. Das ist nicht rechtens! Ich habe mich für eine Beförderungsstelle beworben. Wenn ich durch diese Angelegenheit einen Nachteil haben sollte, dann rechnen Sie mit einer Schadensersatzklage. Falls nicht, täte es vielleicht auch eine Dienstaufsichtsbeschwerde. – Ich verlange von Ihnen, die zu dem eingestellten Verfahren gehörigen Schriftstücke aus der Akte zu nehmen!"

Ich weiß nicht, ob ich mich täuschte, ich hatte den Eindruck, dass sich Herr Greite weiß verfärbte. Hier war sie wieder, die lange ostfriesische Pause. Dem netten Herrn, der sich tatsächlich nicht von meiner Seite bewegt hatte, stand die Panik ins Gesicht geschrieben.

Herr Greite, um Jahrzehnte gealtert, sagte:

„Das tut mir leid, Herr Bürckner!"

Und das nahm ich ihm als die Wahrheit ab. Er konnte sich in seinem Leid genau so wenig verstellen wie in seinem Ärger. Mit gebrochener Stimme fuhr er fort:

„Das geht nur, wenn Herr Dr. Steiger sein Schreiben zurückzieht, sonst darf ich das nicht einfach heraus nehmen. Und dann können auch Sie Ihr Schreiben zurückziehen."

„Ich habe keine Ahnung, wie die Rechtslage in diesem Fall ist," sagte ich, „aber ich werde es herausbekommen. Aber das ist Ihre letzte Chance, Herrn Dr. Steiger anzurufen und ihm eindringlich klar zu machen, dass er morgen früh als erste Amtshandlung seine Beschwerde zurückziehen soll. Ich werde ihn morgen früh daraufhin ansprechen. Auf Wiedersehen, Herr Greite."

Brav verließ auch der nette Herr mit mir zusammen das Büro von Herrn Greite. Auf der Treppe bedankte er sich, dass ich die Akte nicht selbst getragen hätte. Womöglich hätte er deshalb noch Schwierigkeiten bekommen!

Ich rief sofort Herrn Ziegler an. Seine Antwort war lapidar:

„Ich habe schon Pferde vor der Apotheke kotzen sehen! – Kommen Sie sofort zu mir!"

Ich fuhr zu ihm in die Kanzlei. Wir besprachen die Ereignisse des Nachmittags. Dann sagte er:

„Ich glaube, Sie bekommen den Job in Leer, denn Sie glauben doch nicht, dass Herr Steiger noch mit Ihnen zusammenarbeiten will! – Aber was wollen Sie denn in Ostfriesland? Da ist doch der Hund verfroren! Ostfriesland war früher für Beamte die Strafkolonie. Jeder Beamte, der silberne Löffel geklaut hatte oder ein Sittlichkeitsverbrecher war, wurde nach Ostfriesland versetzt. Was wollen Sie da?"

Ich lächelte:

„Na, dann bin ich doch genau richtig in Ostfriesland! – Außerdem: Ich brauche, um glücklich zu sein, genau vier Dinge: 1. einen Schreibtisch, den nehme ich mit, falls es da keinen gibt; 2. einen Tisch, um Doppelkopf zu spielen, den nehme ich auch mit; 3. ein Klavier, das nehme ich auch mit; und 4. einen Tennisplatz, und den gibt es in Leer, danach habe ich mich schon erkundigt."

„Ja, wenn Sie so genügsam sind!" sagte er, und wir mussten beide lachen.

Dann gab er mir noch ein paar, wie sich herausstellen sollte, entscheidende Tipps.

Am Morgen stand ich zwanzig Minuten vor Unterrichtsbeginn im Sekretariat. Der Schulleiter war noch nicht da. Das machte mir nichts aus. Im Gegenteil: Ich wollte ihn als Erster erwischen, damit er sich nicht verleugnen lassen konnte. Die paar Sätze, die ich ihm zu sagen hatte, konnte ich ihm auch zwischen Tür und Angel sagen.

Er kam etwa nach zehn Minuten ins Sekretariat, sah Frau Meyer und mich und sagte, während er durch den Raum zur Eingangstür zu seinem Zimmer eilte:

„Frau Meyer, kommen Sie mal schnell mit in mein Zimmer!"

„Halt!" unterbrach ich ihn, und meine Stimmlage ließ keinen Widerspruch zu.

Er blieb wie angewurzelt stehen.

„Wenn Sie keine Klage oder mindestens eine Dienstaufsichtsbeschwerde riskieren wollen, dann hören Sie mir jetzt eine Minute zu!"

Er blieb tatsächlich stehen. Ich fuhr fort:

„Ich werde in der ersten großen Pause Ihr Schreiben an die Bezirksregierung – ich nehme an, Sie haben das gestern mit Herrn Greite besprochen – bei Frau Meyer abholen."

Auch er schien stark gealtert zu sein, und das so kurz vor seiner Pensionierung!

Mit deutlich geschwächter Stimme sagte er:

„Sie können ja Ihr Schreiben nachher bei Frau Meyer abgeben. Ich schicke meins dann auch heute ab."

„Falsch!" sagte ich, und dieses Wort schnitt ihm, wie mit einem Schwert gezogen, das Wort ab. „Sie geben *mir Ihr* Schreiben, und *ich* tüte dann beide Schreiben ein und schicke sie per Einschreiben weg, damit ich weiß, dass sie auch beide abgeschickt werden und dort ankommen, wo sie hingehören!"

Seine Schultern schienen von Augenblick zu Augenblick mehr zu hängen. Er raffte sich noch zu einer Erwiderung auf:

„Haben Sie denn überhaupt kein Vertrauen zu mir?"

Ich glaube, in dem Moment sprühten Funken aus meinen Augen, als ich sagte:

„Dass Sie sich nicht schämen, das Wort „Vertrauen" in diesem Zusammenhang noch in den Mund zu nehmen! – Pfui!"
Und damit verließ ich das Sekretariat.

Hatte ich jetzt den Krieg gewonnen? Oder immer noch nur die Schlacht? Ich hatte mich im Laufe des Falles daran gewöhnt, meine Beurteilungen nicht zu hoch anzusetzen. Andererseits konnte ich mir nicht vorstellen, was noch schief gehen konnte. Ich telefonierte mit Herrn Ziegler und berichtete ihm von dem Gespräch und dass nun wohl alles seinen Gang gehe.

„Vorsicht!" mahnte er, „ich würde Ihnen empfehlen, sofort ein Schreiben loszuschicken, mit welchem Sie noch einmal Einsicht in Ihre Personalakte verlangen. Denken Sie daran, dass Ihre Pferde in diesem Fall offenbar mit Vorliebe gerade vor der Apotheke zu kotzen belieben!"

Ich folgte seinem Rat. Um gleich ein Brikett aufzulegen, rief ich parallel zu meinem Schreiben bei dem freundlichen Herrn an und verabredete für eine Woche später einen Termin.

Wir begrüßten uns freundlich, und er bat mich wieder in das kleine Zimmerchen. Er entschuldigte sich, er müsse die Akte eben noch holen, denn sie liege noch bei Herrn Greite. Der sei zwar im Augenblick außer Haus, aber das täte nichts zur Sache. Er verschwand, um nach drei Minuten mit der Akte wieder einzutreten. Ich machte mich an die Arbeit. Diesmal sah ich zuerst hinten nach, in der Hoffnung, es sei alles in Ordnung. Dann konnte ich ja in Ruhe noch ein bisschen in dem vorderen Teil umher stöbern. Ich schlug die Akte auf, und es entfuhr mir laut und deutlich:

„Verdammte Scheiße!"
Aufgeregt stürzte der freundliche Herr ins Zimmer:
„Stimmt etwas nicht?"

„Und ob etwas nicht stimmt!" rief ich. „Bitte, sehen Sie sich dieses Schreiben an. Das ist neu in der Akte und hat hier nichts zu suchen! – Bitte, machen Sie mir eine Kopie davon!"

Das war nun die Höhe! Da hatte der Personalrat einen Brief geschrieben, und der hing nun in der Akte. Der Personalrat habe zur Kenntnis genommen, dass das Verfahren gegen mich eingestellt worden sei. Zwar füge er sich dem Urteil, aber er wolle doch noch einmal sagen, dass ich durch mein Verhalten in erheblichem Maße den Arbeitsfrieden gestört hätte.

So war das also: Der Personalrat hatte nachgetreten, ein offensichtliches Foul. Und Herr Greite als der Oberschiedsrichter hatte das durchgehen lassen. So tief saß die Verletzung, die ich ihm zugefügt hatte! Das war der Stil, mit dem man junge Lehrer behandelte.

Ich schrieb kurz ein paar Zeilen an Herrn Greite:

„Sehr geehrter Herr Greite, mit Bestürzung habe ich festgestellt, dass ... Sie werden in dieser Angelegenheit von meinem Anwalt hören. Mit freundlichem Gruß."

Dann verabschiedete ich mich freundlich von dem netten Herrn, der mir verstört und mit offenem Munde nachschaute.

Herr Ziegler lobte mich telefonisch und verabredete sich mit mir für den nächsten Nachmittag.

Bevor ich am nächsten Tag in die Schule ging, hatte ich natürlich fast ununterbrochen über die Ungeheuerlichkeit des Personalrats nachgedacht. Mir schien das keine Gesamtleistung des Personalrats zu sein, sondern ein Alleingang der Personalratsvorsitzenden, die selbst zu den von mir angeblich diskriminierten „anderen" Lehrern gehörte. Deshalb befragte ich über den Vormittag die anderen vier Personalratsmitglieder nach dem fraglichen Schreiben. Mehr oder weniger geschickt ließ ich durchblicken, dass ich das deswegen wissen müsse, weil sich in diesem Fall der Personalrat meines Erachtens zu weit aus dem Fenster gelehnt habe, und ich erwöge, eine Privatklage anzustrengen. Alle vier sagten mir, sie wüssten nichts von dem Schreiben. Mit diesem Wissen befragte ich dann die Vorsitzende, wobei ich ihr gleichzeitig mitteilte, ihre vier Kollegen hätten Sie bereits im Stich gelassen. Ich muss gestehen, es tat mir gut, wie nervös sie reagierte und rumzueiern versuchte. Ich ließ sie dann einfach stehen, nachdem ich ihr gesagt hatte, sie könne eine Privatklage meinerseits nur dadurch vermeiden, dass sie mir bis spätestens dreizehn Uhr eine schriftliche Erklärung gebe, dass sie ihr Schreiben zurückziehe. Im Fortgehen rief ich Ihr noch zu, sie solle die Angelegenheit ruhig mit Ihrem Vertrauten, Herrn Dr. Steiger, besprechen.

Selbstverständlich lag um dreizehn Uhr das fertige Schreiben der Personalratsvorsitzenden zur Abholung bereit. Frau Meyer wunderte sich:

„Was Sie alles fertig bringen, Herr Bürckner!"

Und sie schaute überrascht, als ich ihr meinen Antrag auf nochmalige Einsicht in meine Akte vorlegte.

Als ich am Nachmittag in die Kanzlei von Herrn Ziegler kam, empfing mich dieser lächelnd:

„Ich gehe davon aus, dass Sie bereits erneut Einsicht beantragt haben."

Ich bejahte die Frage. Darauf sagte er:

„Das ist gut. Aber jetzt machen *wir* einen Fall daraus, wenn Sie einverstanden sind. Ich schreibe jetzt einen Brief an den verantwortlichen Leitenden Regierungs-Schul-Direktor, Herrn Greite, mit Kopie an den Regierungspräsidenten, mit etwa folgendem Inhalt: Er habe, obwohl der Fall laut Schreiben vom (Datum) abgeschlossen sei, nicht dafür gesorgt, dass die Personalakte sauber sei, im Gegenteil, er habe es zugelassen, dass der Personalrat erneut ... u.s.w. Es kann auch nicht schaden, dass wir auch hineinschreiben, dass wir davon ausgehen, dass die Akte lupenrein an die Bezirksregierung Osnabrück geschickt wird, sonst etc. Sie geben mir eine Vollmacht zur Vertretung Ihrer Interessen in speziell diesem Fall. Und dann schicke ich gleich meine Rechnung mit. Diesen Teil der Rechnung brauchen Sie beziehungsweise Ihre Versicherung dann nicht zu bezahlen. – Ich finde dieses Bonbon lassen wir uns auf der Zunge zergehen, nicht wahr?"

Ich war einverstanden.

Als ich kurze Zeit später meine Akte erneut einsah, war sie in der Tat lupenrein.

Warum musste das alles mit so viel Ärger abgehen? – Was war geschehen?

Ich wollte etwas verändern, was nachweislich nicht in Ordnung war. Dazu suchte ich das Gespräch. Man ignorierte mich. Ich gab mich damit nicht zufrieden. Man ignorierte mich immer noch. Es passiert immer wieder, dass es zwischen Menschen unterschiedliche Meinungen gibt. Wenn man sich darüber auseinandersetzt, auch dann, wenn keiner von seiner Meinung abrückt, kann das immer noch ein Umgang miteinander sein, der von gegenseitiger Achtung zeugt. Aber Ignorieren ist ein deutlicher Beweis von Nichtachtung! Bei einem solchen Verhalten tritt das Amt des Vorgesetzten vor den Menschen, und damit ist die Kommunikation ganz bestimmt nicht mehr symmetrisch! Es gibt durchaus Situationen, das weiß ich aus meiner späteren Tätigkeit als Schulleiter, wo Entscheidungen auf einer nicht symmetrischen Grundlage getroffen werden müssen. Aber einer solchen Entscheidung müssen, wenn das Arbeitsklima mindestens halbwegs erträglich sein soll, symmetrische Gespräche vorausgehen, die für alle Beteiligten deutlich machen sollen, dass es sich hier nicht um einen Wahrheitsstreit, sondern um einen Beurteilungsstreit handelt, dessen Entscheidung in Abhängigkeit von den getroffenen Voraussetzungen richtig und rechtens ist. Eine Entscheidung auf einer nicht symmetrischen Grundlage ohne ein solches vorheriges Gespräch kann nur als Über-den-Schnabel-Fahren oder gar als Diskriminierung empfunden werden. Und solange solche Verhaltensweisen unter Beamten die Überzahl darstellen – und das haben sie in meinem Fall getan! –, kann der Beamtenapparat und insbesondere der Schulapparat nicht optimal funktionieren. Für einen kritischen Beamten ist dann der Arbeitsfrieden gestört.

Bezeichnend war, dass in einer Auseinandersetzung zwischen einem vergleichsweise jungen Kollegen und seinem vergleichsweise alten Schulleiter auch die Bezirksregierung als vorgesetzte Behörde hemmungslos zu Disziplinierungsmaßnahmen griff, die eindeutig im Gegensatz zu den einschlägigen Vorschriften standen. Wieso wunderte ich mich da über gesetzeswidrige Maßnahmen von Herrn Dr. Steiger? Und wieso wunderte ich mich letztendlich über das schlechte Image des Lehrerberufs und von Schule im Allgemeinen, wenn selbst von der übergeordneten Behörde illegale Maßnahmen ergriffen werden, einen jungen Kollegen zu disziplinieren und ihn über einen Einheitsleisten zu schlagen?

Nach dieser Ochsentour durch die verkrustete Struktur der oberen Etagen von Schule war ich ziemlich frustriert, und mein Bedarf an Aufregungen dieser Art war mindestens vorerst gedeckt. Dennoch wollte ich mich nicht entschließen, mich in die Kategorie der Resignierer einzuordnen. Ich war jung, etwas über 30 Jahre alt. Und dann schon auf die Pension hinarbeiten? – Nein! Und noch einmal nein! Aber was sollte ich machen?

Das oben geschilderte Disziplinarverfahren war ja offensichtlich zu meinen Gunsten ausgegangen.

Nun könnte man meinen, die Zeit des Ärgerns über Schule sei nun zu Ende gewesen. Weit gefehlt!

Zwei Beispiele mögen genügen, um zu zeigen, welche Strukturen sich bis in die obersten Etagen der Aufsichtsbehörden hinein verfolgen lassen.

Beispiel 1:
Zum Verständnis bedarf es der folgenden Erklärungen:

- Die vorgesetzte Behörde eines Leiters eines Gymnasiums ist die Bezirksregierung, speziell ein Kollege mit der Dienstbezeichnung 'Leitender Regierungs-Schul-Direktor'.
- Eine Dienstanweisung durch die Bezirksregierung heißt 'Verfügung'. Eine Verfügung, die alle Gymnasien eines Regierungsbezirks betrifft, heißt Rundverfügung.
- Die Verantwortung für die Umsetzung einer Verfügung an der Schule trägt der Schulleiter, also ich, nicht der Verfasser der Verfügung. Hat der Schulleiter erhebliche rechtliche Bedenken hinsichtlich der Umsetzung einer Verfügung, so äußert er diese der Bezirksregierung gegenüber. Das nennt man 'Remonstration'. Die Bezirksregierung kann verfügen, dass er die ursprüngliche Verfügung trotzdem umsetzen muss, wenn sie dann dafür die Verantwortung übernimmt, aber nur dann.

Für die etwa achtzig Gymnasien meines Regierungsbezirks hat es eine Rundverfügung gegeben, deren Inhalt ich nicht mehr erinnere. Nach dem ersten Lesen der Rundverfügung habe ich, der Schulleiter, das Gefühl, dass diese höherrangiges Recht erheblich einschränkt, was natürlich nicht sein darf. Nach mehrmaligem

Lesen und einiger Nachschlagarbeit verdichtet sich das Gefühl zur Gewissheit. Ich remonstriere.

Nach etwa drei Wochen bekomme ich Besuch von meinem Vorgesetzten, dem Leitenden Regierungs-Schul-Direktor. Dieser eröffnet mir folgendes: Ich bin der einzige Schulleiter (von circa 80 !), der remonstriert hat. Der Justitiar des Kultusministeriums habe entschieden, dass meine Remonstration berechtigt sei. Mein Vorgesetzter habe nun die Aufgabe, mir mitzuteilen, dass meine Schule die fragliche Rundverfügung nicht umzusetzen brauche. Alle anderen sehr wohl.

Angesichts eines solchen Demokratieverständnisses der Bezirksregierung und des Kultusministeriums sind mir vermutlich sämtliche Gesichtszüge entgleist. Gesagt habe ich:

„Es fehlt mir an der dafür nötigen Kraft, *Ihren* Sumpf trocken zu legen. Ich habe schon alle Hände voll zu tun, wie dieser Fall ja zeigt, hier keinen Sumpf entstehen zu lassen. Ich bewundere Sie allerdings, wie Sie in einem solchen Sumpf nach Ihren eigenen Kriterien zufriedenstellend arbeiten können. Ich könnte das nicht!"

Später habe ich erfahren, dass der junge Jurist, der die fragliche Rundverfügung verfasst hat, zur Strafe in ein anderes Dezernat versetzt worden ist, weil er sich von 'einem dummen Schulleiter' seine Rundverfügung habe zerfetzen lassen.

Beispiel 2:

Zur Beerdigung des damaligen Ministerpräsidenten von Schleswig-Holstein, Herrn Barschel, sollte jedes öffentliche Gebäude in Niedersachsen an dem genannten Datum halbmast flaggen. Das hatte der damalige niedersächsische Ministerpräsident entschieden, ohne dafür eine gesetzliche Grundlage zu haben.

Ich hielt das für bedenklich, weil Herr Barschel unter sehr merkwürdigen Umständen zu Tode gekommen war und weil er nicht Ministerpräsident in Niedersachsen war und weil es keine gesetzliche Grundlage für einen solchen Erlass gab. Also habe ich remonstriert.

Daraufhin habe ich von meiner Bezirksregierung den Auftrag bekommen, trotzdem zu flaggen. Allerdings hatte man ein notwendiges Detail vergessen, nämlich selbst die Verantwortung zu übernehmen. Als man das auf meinen Einwand hin unter deutlichen Indizien der Ungehaltenheit dann getan hatte, habe ich den Hausmeister angewiesen, die Fahne der Bundesrepublik Deutschland halbmast zu hissen. Dabei haben sich einige Oberstufenschüler erbost, und es ist vor der Schule am Fahnenmast zu einem Handgemenge gekommen. Daraufhin habe ich dem Hausmeister die Anweisung gegeben, die Fahne wieder einzuziehen. Ein Gespräch mit einigen Oberstufenschülern hat mir gezeigt, dass es ihnen nicht um eine billige Provokation ging, sondern dass sie sich ernsthafte Gedanken gemacht hatten und ähnlich argumentierten wie ich in meiner Remonstration, ohne dass sie diese gelesen hatten oder davon wussten. Sie versicherten mir, dass sie ein erneutes Hissen der Fahne nicht zulassen würden. Ein erneutes Hissen habe ich dann untersagt.

Das habe ich dann sofort wahrheitsgemäß an die Bezirksregierung berichtet.

Es hat keine Stunde gedauert, da ist ein Disziplinarverfahren gegen mich anhängig gewesen. Ich lasse den Bericht über die Querelen in diesem Fall aus, die sich über ein Vierteljahr hingezogen haben. Schließlich bin ich zu einer mündlichen Verhandlung in das Gebäude der Bezirksregierung vorgeladen worden. Außer mir sind eingeladen gewesen: Der Leiter des juristischen Dezernats, der auch die Verhandlung geleitet hat, der Leitende Regierungs-Schul-Direktor, der Abteilungspräsident und der Oberstudiendirektor, nämlich ich. Jedes Wort der Besprechung ist von einer Sekretärin mitstenografiert worden.

Man hatte sich vorgenommen, mir nachzuweisen, dass ich meine Kompetenzen erheblich überschritten hätte, weil ich einschlägige Rechts- und Verwaltungsvorschriften nicht beachtet hätte. Wie sich die Fälle glichen! Nach etwa eineinhalb Stunden hat dann der Verhandlungsleiter, wie es den Anschein hatte, schweren Herzens, gesagt:

„Dann stelle ich hiermit fest: Es ist nicht festzustellen, dass Herr Bürckner Rechts- beziehungsweise Verwaltungsverschriften verletzt hat. – Haben Sie das, Frau M.?"

Während Frau M. bejahte, habe ich mich beeilt zu sagen:

„Bitte schreiben Sie, Frau M.: In diesem Fall stellt Herr Bürckner den Antrag auf ein Disziplinarverfahren in eigener Sache."

Allen Beteiligten ist in diesem Moment die Kinnlade herunter gefallen. Der Verhandlungsführer hat laut stöhnend gesagt:

„Was denn nun noch, Herr Bürckner?!"

Ich habe erklärt:

„Wenn Sie sich entschließen könnten, den Satz so umzuformulieren, dass er heißt 'Es ist festzustellen, dass Herr Bürckner keine Rechts- beziehungsweise Verwaltungsvorschrift verletzt hat', ziehe ich meinen Antrag zurück und bin zufrieden."

„Das ist doch dasselbe!"

„Dann können wir ja *meine* Formulierung nehmen!" habe ich gesagt.

Dann ging die Diskussion noch etwa eine halbe Stunde hin und her, und schließlich hat sich der Vorsitzende auf meine Formulierung eingelassen, und ich habe meinen Antrag zurück gezogen. Alle Verhandlungsteilnehmer haben dann deutliche Zeichen der Erleichterung gezeigt. In die Aufbruchsstimmung hinein hat mich der Vorsitzende plötzlich gefragt:

„Nun sagen Sie doch mal, sozusagen von Mann zu Mann: Wie ist denn eigentlich wirklich ihre Einstellung zur Fahne der Bundesrepublik Deutschland?"

Im Nu ist es mucksmäuschenstill gewesen. Jeder Teilnehmer ist an dem Platz wie angewurzelt stehen geblieben, an dem er gerade stand. Man hat das Ticken der Wanduhr hören können. Nach einer kurzen Zeit der Erholung von diesem Schock habe ich dann gesagt:

„Ich will ihnen, Herr S., auch einmal von Mann zu Mann antworten: Ich bin im Gegensatz zu Ihnen ein Vorkriegsjahrgang. Ich habe meinen Vater im Krieg verloren, als er einem auf eine Fahne geschworenen Eid nachkam und einen sinnlosen und verbrecherischen Krieg führte. Bitte verstehen Sie, dass ich mit niemandem, und mit Ihnen erst recht nicht, ein Gespräch über mein Verhältnis zu welcher Fahne auch immer führe, und schon gar nicht von Mann zu Mann!"

In diesem Moment hat sich der unmittelbar vor der Pensionierung stehende Abteilungspräsident hochrot verfärbt und höchst erregt gesagt:

„So geht das nicht, Herr Bürckner. Jetzt will *ich* Ihnen mal eine Geschichte erzählen: Als 1945 das Schiff, dessen Kommandant ich war, vom Tommy ein Torpedo eingefangen hatte, da haben wir selbstverständlich als erstes die Fahne gerettet. Und als wir alle 16 Besatzungsmitglieder glücklich im Rettungsboot saßen, haben wir die Fahne in 16 gleiche Teile zerrissen. Und dieser Teil der Fahne hängt heute noch unter Glas über meiner Vitrine." Zur Erinnerung: Das war die Fahne mit dem Hakenkreuz!

In diesem Moment habe ich mir das Lachen verbeißen müssen, denn mir schoss es durch den Kopf:

'Wenn die 17 Besatzungsmitglieder gewesen wären, hätten sie einen ins Wasser geschmissen, denn ein Rechteck lässt sich nicht in 17 gleiche Teile zerreißen, in 16 aber sehr wohl.'

Ich halte es noch heute für eine große Leistung von mir, dass ich mich nicht dazu geäußert habe.

Vorerst genug der Beispiele, wieso das Image von Schule so schlecht ist und kaum eine Hoffnung besteht, dass sich daran etwas zum Positiven hin ändert.

***

Zum konstruktiven Ausklang dieses Büchleins vielleicht noch ein Beispiel eines Unterrichtsgegenstands, der gleichermaßen für Achtklässler wie für Leistungskursschüler interessant ist, wenngleich man es ihm nicht ohne Weiteres ansieht und man es vielleicht nicht glaubt, wenn man es nicht erlebt hat. Dieses Beispiel stammt aus dem unerschöpflichen Vorrat der Kategorie 'große Zahlen'. Das Lehrziel für den Leistungskurs des Lehrers Frank Walther besteht darin, dass die Schüler sich sehr darüber wundern, wie wenig sie sich große Zahlen vorstellen können. Und sich wundern ist ja bekanntlich der Anfang aller Wissenschaft. Das ist ein Ausspruch – ich sagte es oben bereits –, der nicht von einem Lehrer oder Politiker stammt, der also nicht im Verdacht steht, ähnlich wie Schule auch der Kategorie 'Scheiße' untergeordnet werden zu müssen. Dieser Satz stammt von Aristoteles, einem alten Griechen vor dem ersten Weltkrieg! Da war die Welt, wie es scheint, noch in Ordnung! – Sogar in Griechenland!

Unterricht im Leistungskurs Klasse 12:
„Zu Beginn dieser Doppelstunde möchte ich Ihnen eine Aufgabe geben, welche sich vermutlich erst später zum Problem mausert," sagt Frank Walther, nachdem er die Kursmitglieder begrüßt hat. „Ich erzähle Ihnen eine Geschichte, die zunächst in eine relativ einfache Rechenaufgabe mündet. Inwiefern sie ein

Problem darstellt, werden Sie vermutlich selbst herausfinden, während Sie die Aufgabe lösen. Hier ist die Geschichte:

Irgendwo im fernen Osten, vermutlich war es in Indien, gab es vor Jahrhunderten einen Maharadscha, der sich auf seinem Thron zu Tode langweilte. Deshalb ließ er in seinem Lande die Information verbreiten, er wolle denjenigen, der es fertig brächte, die Langeweile aus seinem Leben zu vertreiben, reich belohnen. Es kamen viele Frauen und Männer, die dem Maharadscha Beschäftigungen und Spiele aller Art anboten. Aber niemand schaffte es, ihn nachhaltig für etwas zu interessieren. Bis eines Tages ein Mann in seinen Palast kam, der aussah wie ein Landstreicher und dem der Maharadscha alles zutraute, aber nicht, seine Langeweile zu vertreiben. Aber er ließ ihn vortreten, auch wenn er glaubte, dass es eigentlich keinen Zweck hatte. Nun, dieser Landstreicher packte ein quadratisches Brett mit 64 gleich großen quadratischen Feldern aus, von denen jedes zweite dunkel eingefärbt war, und dazu 32 Figuren, 16 schwarze und 16 weiße. Geschickt erklärte er dem Maharadscha, dass es sich um ein königliches Spiel handele, weil nämlich der König in diesem Spiel nach bestimmten Spielregeln von allen anderen Figuren geschützt werde. Und dann spielten Landstreicher und Maharadscha das königliche Spiel mit Namen 'Schach'. Nach wenigen Schwierigkeiten am Anfang fand sich der Maharadscha schnell in das Spiel, und schon nach wenigen Spielen war er Feuer und Flamme für das Spiel. Das sprach sich schnell im Palast herum, und jeder, vom obersten Diener bis zum kleinsten Küchenjungen atmete auf. Und am Ende des Tages sagte der Maharadscha: 'Sag, mein Freund, womit soll ich Dich entlohnen?' Der Landstreicher überlegte einen Augenblick. Dann sagte er: 'Mein Gebieter! Du hast mich bereits dadurch genug entlohnt, dass Dir das Spiel gefällt und ich damit Deine Langeweile ein wenig vertreiben konnte.' Darauf ließ sich der Maharadscha im Übermaß seiner

Freude nicht ein und sagte: 'Ich bestehe darauf, Dich fürstlich zu entlohnen. Jeder Widerspruch ist zwecklos!' Also dachte der Landstreicher einen Augenblick nach. Dann sagte er: 'Mein Gebieter! Es ehrt Dich, dass Du einen armen Menschen wie mich fürstlich entlohnen willst. Ich will aber dennoch Deine Güte nicht über die Maßen strapazieren und bescheiden bleiben. Ich wünsche mir von Dir nur ein wenig Reis. Mehr nicht! Und zwar: Ein Reiskorn auf das erste Feld des Schachbretts, zwei Körner auf das zweite Feld, vier Körner auf das dritte Feld und so weiter. Dann würdest Du mich reichlich entlohnen, und ich hätte eine Zeit lang etwas zu essen.' – Ende der Geschichte! Meine erste Frage ist: Kennt jemand die Geschichte? Gut! Das ist nicht der Fall. Dann mal ran!"

Bereits nach etwa zwei Minuten meldet sich Malte und sagt:

„Die Lösung ist: Auf dem letzten Feld liegen zwei hoch vierundsechzig Körner. Die passen da zwar nicht alle drauf. Aber das macht wohl nichts aus."

Sofort melden sich mehrere Schüler. Frauke wird aufgerufen. Sie sagt:

„Das stimmt nicht! Wenn Du beim ersten Feld zwei hoch *null* rechnest und beim zweiten Feld zwei hoch *eins*, dann hast Du beim *vier*undsechzigsten Feld zwei hoch *drei*undsechzig."

Die anderen Finger gehen wieder hinunter, und alle Kursmitglieder schauen auf Frank Walther, als wollten sie fragen: 'Und? Wo ist jetzt das Problem?'

Der Lehrer tut so, als würde er die unausgesprochene Frage nicht in ihren Gesichtern sehen, und macht eines seiner 'dummen Gesichter'. Nach einer ganzen Weile kommen mehr oder weniger zaghaft erst ein, dann zwei, dann drei Finger hoch. Der Lehrer ruft alle drei Kursmitglieder in umgekehrter Reihenfolge der Meldungen auf.

„Wahrscheinlich sollen wir jetzt ausrechnen, wie viel zwei hoch dreiundsechzig ist, oder?" sagt Max. „Aber das ist doch im

Zeitalter des Taschenrechners kein Problem. Also, wo ist das Problem?"

„Denk doch mal nach! Das sind ja nicht nur zwei hoch dreiundsechzig Körner. Auf dem Feld davor liegen ja auch noch ein paar Körner, und davor auch," sagt Christian.

Betretene Gesichter!

„Ich habe den leisen Verdacht, dass der Landstreicher gar nicht *so* bescheiden war, wie er getan hat, und dass der Maharadscha zu blöd war, das zu durchschauen. – Also Leute! Auf, auf! Rechnen wir mal die Anzahl der Körner aus, die der Landstreicher bekommt!" sagt Silke.

Frank Walther greift ein:

„Meine Damen, meine Herren! Ich würde Ihnen vorschlagen, die Anzahl der Körner nur annähernd genau auszurechnen, damit wir heute noch fertig werden."

Im Zeitalters des Taschenrechners dauert es *nur* etwa zwanzig Minuten, bis fast alle Kursmitglieder eine Zahl ausgerechnet haben. Frank Walther ruft zuerst die etwas schwächeren Schüler auf. Die ersten Antworten, die er bekommt, sind '10 Billionen', '8 Billiarden' und '5 Trillionen'. Der Lehrer zieht die Stirn kraus und sagt:

„Bitte bewerten Sie zunächst einmal die drei gegebenen Antworten!"

Stefan sagt:

„Ich nehme mal die größte Zahl. Das ist 5 Trillionen, also eine Fünf mit achtzehn Nullen. Diese Zahl ist ja schon verflucht groß, aber nicht groß genug, denn allein auf dem letzten Feld liegen 2 hoch 63 Reiskörner. Und das sind schon etwa 9,2 Trillionen. Und da haben wir die Reiskörner auf dem Feld davor und davor und davor … nicht gezählt! – Also alle drei Antworten sind falsch."

Keines der Kursmitglieder sagt einen Ton.

„Eine bestechende Argumentation, die keine Wünsche offen lässt!" sagt Frank Walther. „Haben Sie schon eine Ahnung, wieso es sich jetzt um ein Problem handelt?"

Ganz allmählich kommen ein paar Finger nach oben.

„Da muss man den Taschenrechner schon ziemlich gut kennen, wenn man mit so großen Zahlen rechnen will."

„Ja, da steht eine relativ kleine Zahl auf dem Display, 9,223372037, nicht einmal so groß wie 10, und dann eine kleine Zahl, nämlich 18. Und da muss man erst einmal wissen, dass das eine Neun mit achtzehn Stellen dahinter bedeutet. Und auch die Anzahl der Körner auf dem Feld davor ist auch noch ein paar Trillionen!"

„Ja, und was sagt mir das? Ich habe doch keine Ahnung, wie viel Kilogramm, Doppelzentner oder Tonnen das ist!" sagt Oliver nach einer Denkpause.

Wieder herrscht betretenes Schweigen. Dann sagt Silke:

„Wenn ich weiß, ein Ei kostet fünfzig Cent, dann weiß ich sofort, wie viel 12 Eier kosten. Das sind Zahlen in einem Bereich, da fällt mir jeder kleinste Rechenfehler sofort auf, und ich kann mir vorstellen, dass ich pro Woche nicht mehr als sieben Eier brauche. Aber im Trillionenbereich? Da stehe ich ganz schön auf dem Schlauch."

Frank Walther zieht seine Stirn kraus und sagt:

„Okay! Das habe ich verstanden, Silke. – Wie gehen wir weiter vor?"

„Naja!" sagt Oliver. „Zuerst müssen wir uns mal auf ein Ergebnis einigen. Und ich denke, darauf kommt es wirklich nicht auf ein paar tausend Reiskörner an. Dann müssten wir wissen, wie viel Reiskörner ein Kilo Reis beinhaltet. Und dann können wir ausrechnen, wie viel Kilo beziehungsweise Zentner Reis das dann sind."

Frank Walther sagt, während er zur Tafel geht, um die Strategie des Vorgehens anzuschreiben:

„Das ist, denke ich, ein akzeptabler Forschungsplan:

1. Ungefähre Anzahl der Reiskörner
2. Ungefähres Gewicht eines Reiskorns
3. Ungefähre Anzahl der Reiskörner pro Gewichtseinheit
4. Anzahl der Kilogramm, Zentner, …

Dann nichts wie ran! Lassen Sie uns ein paar ´Fixpunkte´ nennen:

Zu 1: Etwas mehr als 18 Trillionen. Also rechnen wir der Einfachheit halber mit 18 Trillionen.

Zu 2: Ein Reiskorn soll einfach ein Gramm wiegen.

An dieser Stelle erlaube ich mir, die folgende Frage zu stellen und Sie vorab um eine grobe Schätzung zu bitten:

Stellen Sie sich vor, sie würden den ganzen Reis in Güterwagen schütten. Wie lang wäre der Güterzug?"

Oliver sagt:

„Ich schätze, der wäre ganz schön lang, vielleicht doppelt so lang wie ein normaler Güterzug."

„So lang? – Das glaube ich nicht!" sagt Petra.

„Vielleicht sogar noch ein bisschen länger!" ergänzt Silke.

„Okay!" sagt der Lehrer. „wir haben jetzt 18 Trillionen Körner. Das ist eine 18 mit 18 Nullen. Jedes Korn wiegt ein Gramm. Dann rechnen Sie mal eben aus, wie viel Gramm, Kilogramm oder Doppelzentner oder Tonnen das insgesamt sind!"

Nachdem die Kursmitglieder eine Zeit lang gerechnet haben, sagt der Lehrer:

„Ich werde Ihnen das jetzt mal grob vorrechnen. Sie können das ja mit Ihrer Rechnung vergleichen.

18 Trillionen Körner sind 18 Trillionen Gramm. Das sind 18 Billiarden Kilogramm oder 18 Billionen Tonnen. Gehen wir einmal

davon aus, dass ein Güterwagen 20 Tonnen fasst, dann haben wir 900 Milliarden Güterwagen. Und setzen wir voraus, dass ein Güterwagen 25 Meter lang ist, dann ist der Güterzug 36 Milliarden Meter oder 36 Millionen Kilometer lang. Der Güterzug geht etwa 818 mal um die gesamte Erde herum. – Hätten Sie das gedacht?"

Im Klassenraum macht sich allgemeines Staunen breit. Es bilden sich kleine Arbeits- beziehungsweise Diskussionsgruppen. Oliver meldet sich und sagt:

„Durch diese Zahl bin ich total erschlagen. Ich kann das einfach nicht glauben. Und zum Mitrechnen ging mir das eben zu schnell. Ich werde das zu Hause nachrechnen. Ich glaube das erst, wenn ich zu Hause dasselbe herausbekomme."

Er bekommt Zustimmung von mehreren Seiten. Daraufhin sagt Frank Walther:

„Ich finde das gut, wenn Sie das nachrechnen wollen, Oliver. Aber bedenken Sie bitte, dass es sich nicht lohnt, viele Ziffern mit herumzuschleppen. Denn auf 100 000 kommt es überhaupt nicht an. – Nun aber die Frage unter der Voraussetzung, diese Rechnung stimmt wenigstens annähernd: Wozu machen wir das jetzt im Leistungskurs? Hat das für uns einen Nährwert, wo doch eigentlich nichts erforscht werden muss und lediglich multipliziert, dividiert und addiert werden muss? – Und hinterher werde ich Sie fragen, ob Sie das für ein angemessenes Lernziel halten."

Wieder entwickelt sich eine produktive Unruhe. Gemurmel, Gelächter, Gerechne! Nach langer Zeit melden sich drei Schüler. Frank Walther ruft sie in der umgekehrten Reihenfolge ihrer Meldungen auf.

Max: „Genau genommen fällt mir kein Grund dafür ein, dass wir das hier machen. Aber interessant finde ich es schon. Und – ehrlich gesagt – ich habe noch nie darüber nachgedacht."

Jens: „Der Meinung bin ich auch: Es ist interessant. Für mich kommt da noch ein Argument hinzu: Ich staune darüber, wie wenig ich mir große Zahlen vorstellen kann. Bei der Zahl 18 Tillionen habe ich mir noch nichts gedacht. Aber als Sie gefragt haben, wie lang der Güterzug wohl ist, hätte ich jeden für verrückt erklärt, der mir das richtige Ergebnis gesagt hätte. Ich hätte vielleicht ein paar Kilometer geschätzt. Selbst zwanzig Kilometer wäre mir schon zu viel gewesen."

Petra: „Und genau da liegen auch die für unseren Kurs berechtigten Lernziele:

1. Bei sehr großen Zahlen versagt das Vorstellungsvermögen, meins jedenfalls. Und Deins auch, Jens! Glotz nicht so! (Gelächter!)

2. Um dem Vorstellungvermögen auf die Sprünge zu helfen, muss man die großen Zahlen umrechnen auf überschaubare und vorstellbare Größen (Gewicht, Anzahl von Güterwagen). Und die letzte Zahl oder Größe, die übrig bleibt, muss man auf etwas Bekanntes projizieren, in unserem Fall den Erdumfang. Dann wird es keinen mehr geben, der sich das nicht mehr vorstellen kann!"

Alle Kursteilnehmer schauen betreten zu Boden. Dann sagt Silke, Frank Walther karikierend, in einem Anflug von Ironie und Selbstironie lachend in den Raum hinein:

„Besser hätte selbst ich es nicht sagen können! – Das war eine lupenreine Zusammenfassung, wie unser allseits geschätzter Herr Walther sagen würde. – Und dieser Schlawiner, der Landstreicher, hat den Maharadscha ganz schön be – betrogen mit seinem Gefasel von Bescheidenheit und so. Und der Maharadscha war einfach zu blöd, das zu durchschauen. Und wenn ich der Maharadscha gewesen wäre, wäre ich, ich will mal einen Moment ehrlich sein, wahrscheinlich auch zu blöd gewesen. Aber sagt es bitte nicht weiter!"

Gelächter.

Frank Walther meldet sich zu Wort und sagt:

„Danke, Silke, für Ihre Ehrlichkeit! Dem von Silke Gesagten schließe ich mich an. Aber ich bin froh, dass es jemand von Ihnen gesagt hat, denn so witzig hätte ich es nicht hinbekommen. Außerdem möchte ich ungern, dass es sich rumspricht, dass ich blöd bin. Also, Petra und Silke: Spitzenklasse! – So, meine Damen und Herren! Mein Vorschlag: Jetzt ist die Zeit des Forschens erst einmal vorbei. Wir müssen nämlich im vorgeschriebenen Stoff erst einmal weiter kommen. Schließlich müssen wir in naher Zukunft eine Klausur schreiben. Natürlich kommt auch eine kleine Forschungsarbeit darin vor, aber im Wesentlichen handelt es sich um die Mathematik, die wir jetzt noch durchnehmen."

Frank Walther packt seine Sachen zusammen und sagt:

„Die Stunde ist geschlossen. Ich wünsche Ihnen ..."

„...das Doppelte von dem, was wir Ihnen wünschen."

***

Der Unterricht in Mathematik bei dem neuen Lehrer, Herrn Walther, ist bereits seit ein paar Wochen angelaufen. Der Kurs hat sich als sehr gelehrig angestellt, und zwar sowohl, was die Mathematik betrifft, als auch, was die Organisation des Unterrichts betrifft. Besonders die drei Mädchen, Frauke, Silke und Petra haben sich ins Zeug gelegt. Frank Walther ist gespannt, wie die erste Klausur ausfällt.

Kurz vor der Klausur gibt er noch einmal seine 'goldenen Regeln' bezüglich des Schreibens von Klausuren heraus, damit auch jedes Kursmitglied weiß, worauf es sich einlässt.

1. „Wie viele Punkte gibt es für welchen Aufgabenteil,
2. für wie viele Punkte bekomme ich welche Zensur,
3. wie viel Zeit steht mir insgesamt zur Verfügung.

Mit diesen drei Informationen kann jeder

4. vorher berechnen, welche Zensur er bekommen wird,
5. nachher kontrollieren, ob er die Zensur bekommen hat, die er verdient,
6. meine Korrektur kontrollieren, ob ich vielleicht einen Fehler bei der Korrektur oder beim Addieren der Punkte gemacht habe.

Mit der Rückgabe der Klausur bekommt jeder Kursteilnehmer die richtigen Lösungen der einzelnen Aufgaben mit geliefert, damit er auch im Detail kontrollieren kann, ob er für jede Leistung die angemessene Punktzahl bekommen hat."

Auch seinen speziellen Umgang mit dem Abschreiben fasst er kurz schriftlich zusammen. Er gibt diese beiden Zettel als Umdruck heraus. Dann kommt die Klausur.

Sie besteht aus fünf Aufgaben. Wahnsinnig gespannt ist Frank Walther darauf, wie die Schüler mit der Forschungsaufgabe zurechtkommen, also mit der Aufgabe fünf.

[Der Leser, dem mathematische Zusammenhänge bezüglich Funktionen und Relationen fremd sind, mag die nächsten Zeilen überschlagen, ohne dass ihm das Gesamtverständnis dieses Textes verloren geht.]

Kurz vor der Klausur hat er durchgenommen, was eine Relation und speziell eine Äquivalenzrelation ist und was die Begriffe 'Reflexivität, Symmetrie und Transitivität bedeuten. Auch den Funktionsbegriff hat er noch einmal wiederholt. Aber dass Relationen auf der Menge der reellen Zahlen auch als Flächen im Koordinatensystem darstellbar sind, hat er nicht durchgenommen.

Die Aufgabe 5 lautet folgendermaßen:

Aufgabe 5

Gegeben ist die Relation mit der Zuordnungsvorschrift
$y \leq x + 10$.

a) Fertige eine graphische Darstellung an! (Hervorhebung durch Schraffur.)
b) Zeige, dass es sich <u>nicht</u> um eine Funktion handelt!
c) Zeige, dass die gegebene Relation nicht symmetrisch ist!
d) Zeige, dass die Transitivität für einzelne Beispiele gilt, aber nicht allgemein!

Frank Walther ist so gespannt auf den Ausgang der Klausur, dass er fast die ganze Nacht hindurch korrigiert, damit er sie am nächsten Tag zurückgeben kann.

Sie stellt keineswegs eine Enttäuschung für den Lehrer dar: Es gibt nur einmal zwei Punkte, also eine Fünf, dafür aber vier Einsen: Silke, Petra, Oliver und Lars. Das entspricht durchaus den Erwartungen des Lehrers. Auch das dritte Mädchen, Frauke, hat gut abgeschnitten, nämlich mit 12 Punkten, also einer zwei plus.

Der Klassenspiegel sieht folgendermaßen aus:

Zensur	Pkt.-Intervalle	Anzahl d. Sch.
0	0 – 12	---
1	13 – 16	---
2	17 – 20	1
3	21 – 24	---
4	25 – 26	---
5	27 – 28	1
6	29 – 30	1
7	31 – 32	1
8	33 – 35	3
9	36 – 37	2
10	38 – 39	---
11	40 – 41	2
12	42 – 43	2
13	44 – 45	2
14	46 – 47	1
15	48 – 50	1

Der Durchschnitt liegt bei 9,6

Beim Zurückgeben der Klausur hebt Frank Walther die besonders guten Leistungen der vier Mädchen hervor und weist darauf hin, dass dieses wieder einmal einen Beleg dafür darstellt, dass es sich um ein Vorurteil handelt, wenn es heißt, Mädchen seien weniger mathematisch begabt als Jungen. Dem Schüler Max mit der Fünf redet er ins Gewissen, er habe sich nicht genügend vorbereitet, denn dreimal nicht gemachte Hausaufgaben und die Art der Beteiligung am Unterricht würden unmissverständlich darauf hinweisen.

„Das hat ja sowieso keinen Zweck!" resigniert Max. „Lehrer verteilen die Zensuren ja immer nach dem Prinzip der Glockenkurve. Da brauche ich mich ja nicht anzustrengen."

„Ich stelle die Aussage von Max zur Diskussion!" sagt der Lehrer.

Silke meldet sich und sagt:

„Ich bin dafür bekannt, dass ich kein Schleimer bin und folglich Lehrern nicht nach dem Mund rede. In diesem Fall muss ich leider oder Gott sei Dank sagen, dass Deine Aussage falsch ist."

Der Lehrer unterbricht Silke und sagt:

„Danke, Silke! Die Argumente möchte ich gern von einem anderen Schüler hören."

Er ruft Christian auf:

„Es gibt zwei stichhaltige Argumente, dass Deine Ansicht falsch ist und dass es sich durchaus lohnt, etwas zu tun.

1. Wenn Du Dir diesen Klassenspiegel ansiehst, wirst Du feststellen, dass Deine Glockenkurventheorie hier nicht zutrifft. Bei der Glockenkurventheorie gilt zum Beispiel: Es gibt immer etwa gleich viele Sechsen wie Einsen, Fünfen wie Zweien, und so weiter. Nun sieh Dir mal diesen Klassenspiegel an: Es gibt keine Sechs, aber vier Einsen, eine Fünf, aber vier Zweien, zwei Vieren, aber sechs Dreien.

Diese Glockenkurve weist eine deutliche Beule zum Besseren auf. Das ist also eine verdammt asymmetrische Glocke! Und eine solche Glocke klingt saumäßig.

2. Aber auch für die Zukunft gibt es für Herrn Walther, angenommen, er möchte irgendwann doch die Glockenkurve als Grundlage seiner Bewertung haben, keine Möglichkeit, weil er die Punkteverteilung vorher gibt und jeder weiß, wie viele Punkte es für jeden Aufgabenteil gibt. Eine nachträgliche Manipulation zur Symmetrie der Glockenkurve ist nicht möglich, ohne dass selbst ich es merken würde"

„Damit wäre alles gesagt. Ich danke Ihnen. Und Ihnen, Max, empfehle ich dringend, Ihre Theorie den anderen Kollegen, die es anders machen, vorzuhalten und für Abhilfe zu sorgen. Sie haben insofern recht, als es natürlich nicht angeht, dass eine statistische Normalverteilung die Realität bestimmt und weniger mathematisch, sprachlich oder sonstwie begabten Schülern die Chance auf eine ausreichende Zensur nimmt. Mich haben Sie als Bundesgenossen. Wenn Sie mich außerhalb des Unterrichts anrufen, kann ich Ihnen sagen, auf welchem Weg Sie vorgehen müssen, wenn sie eine Aussicht auf Erfolg haben wollen. Vielleicht gibt es ja noch ein paar Bundesgenossen mehr für Sie! Aber unabhängig davon rate ich Ihnen, Ihre Aktivitäten hinsichtlich des Mathematikunterrichts zu überdenken. Auch dabei bin ich Ihnen gern behilflich."

***

Hier ist es ein letztes Mal angebracht, den Unterricht von Herrn Walther zu verlassen und sich allgemein dem Problem Schule zuzuwenden.

Ich habe es oben schon einmal erwähnt: Oberstes Ziel ist, Schüler zu verantwortungsbewussten Staatsbürgern zu erziehen. Die Realität sieht anders aus. Es gibt eine 'Vierklassengesellschaft' in der Schule:

1. Das Lehrerkollegium, das (mehrheitlich?) aus einer Allmachtsfantasie entsprungenes Machtverhalten Schülern gegenüber an den Tag legt.
2. Die häufig nahezu amorphe Masse der immer ja sagenden 'Hat-ja-sowieso-keinen-Zweck-Schüler', denen immer wieder aufs Neue von der ersten Gruppe unmissverständlich klar gemacht wird, dass sie nichts zu melden und sich gefälligst zu fügen haben, sonst ...
3. Die Schüler, deren Wut über eine derartige Behandlung so groß ist, dass sie 'aufmüpfig' werden und sich wehren, allerdings häufig in einer inakzeptablen Form. Diese ist es, die dann statt des veränderungsbedürftigen Inhalts zum Gegenstand der Diskussion gemacht wird. Und damit ändert sich wieder einmal nichts!
4. Die ganz wenigen Schüler, denen es gelingt, das Allmachtsgehabe ihrer Lehrer zu entlarven und ihm Argumente und auch Maßnahmen entgegen zu setzen, und zwar in einer akzeptablen Form. Aber von diesen gibt es sehr, sehr wenige! Und ob sich dadurch etwas ändert, ist fraglich. Ein nicht zu unterschätzender Vorteil besteht allerdings darin, dass sich diese Schüler nicht zu Duckmäusern erziehen lassen.

Fragt man gewöhnlich Schüler aus der zweiten Kategorie, wenn sie resignierend einige der zum Teil haarsträubenden, aus der Allmachtsfantasie hervorgehenden Maßnahmen der Lehrer kommentieren: „Und was tust Du dagegen?", so erntet man ein hilfloses Achselzucken und den Satz: „Selbst wenn ich Recht bekäme, dann habe ich verschissen bis in die Steinzeit und bekomme bei Herrn xyz kein Bein mehr an die Erde." Und die Eltern tun das Ihre dazu. Sie bläuen ihren Kindern ein, möglichst nicht aufzufallen und immer angepasst durch die Schule (und durch das Leben!) zu gehen. Und wer mit diesen Maximen dreizehn Jahre lang (neuerdings zwölf Jahre?) die Anstalt 'Schule' durchläuft, sollte eigentlich reif für die Anstalt sein. Jedenfalls ist es sehr schwierig, wenn nicht gar ausgeschlossen, sich so zum mündigen Staatsbürger zu entwickeln.

Es gab und gibt sehr wenige Beispiele für die unter Punkt vier beschriebenen Schüler. Ich sagte es oben schon. Das ist auch nicht anders zu erwarten, denn junge Menschen müssen die Möglichkeit bekommen, sich in der Form zu vergreifen, wenn sie für sich wichtige Inhalte transportieren wollen. Und wo, wenn nicht in der Schule, sollen sie diese Möglichkeit bekommen, ohne für den Rest ihres Lebens dafür geächtet zu werden beziehungsweise die dadurch erlittenen Nachteile ertragen zu müssen? Genau an so einem Punkt setzt ein guter Lehrer erzieherisch an, indem er den Inhalt würdigt, aber die Form kritisiert, ohne dass der Schüler irreversible Nachteile davon trägt. Die Schule ist ein Ort, wo der junge Mensch Verhalten trainieren können muss, wo er sich auch einmal im Ton vergreifen darf!

Eine Fülle von Beispielen für die oben beschriebenen Punkte 1 bis 3 habe ich erlebt beziehungsweise mit eigenen Augen gesehen, und zwar in allen meinen Berufen: Zunächst selbst als Schüler, dann als Angestellter ohne zweites Examen, als Referendar, als Studienrat, als Fachleiter für Mathematik und schließlich als Stiefvater dreier schulpflichtiger Kinder und letztlich auch als Leiter eines Gymnasiums. Und das deckt eine Zeitspanne von deutlich über sechzig Jahren ab. Und in dieser ganzen Zeit hat sich in dieser Angelegenheit nichts verändert. Und das geht bei vergleichsweise kleinen Dingen los und endet in existenzbedrohenden Maßnahmen, besonders im Hinblick auf den unseligen numerus clausus (NC).

Zuweilen gibt es, vielleicht in der Tageszeitung oder auch in einem TV-Feature einen Aufschrei! Und dann wird eine Schule beschrieben, in der die Symptomatik besonders deutlich zutage tritt. Und alle Welt ist überrascht: 'Eine solche Schule gibt es?'

Und dann setzt bei einem besonnenen Bürger die Spontanreaktion ein, die allergrößtes Entsetzen signalisiert, das sich gemeinhin in anhaltendem Kopfschütteln erschöpft!

Eine Analogie: Es gibt jahrzehntelang eine rechte Szene, die sich quasi unter Aufsicht entwickelt und ungestört ihr Unwesen treibt, ja sogar Morde begeht. Und ganz plötzlich wird entdeckt, es gibt sie ja wirklich! Und alle sind überrascht! – Aber unternimmt man nun etwas wirklich an der Wurzel Anpackendes und nicht nur das Verbot einer mutmaßlichen Übeltäterpartei, und das war's dann?

Muss erst, wie im Analogbeispiel geschehen, etwas Grauenhaftes in der Schule passieren, ehe etwas wirklich an der Wurzel Anpackendes zur Veränderung geschieht? – Etwas Grauenhaftes ist schon passiert! Schon vergessen?

Wie viele Amokläufe mit wie vielen damit einhergehenden Morden gab es denn in allerletzter Zeit in verschiedenen Schulen?

In Sachen 'Rechtsextremismus', dem Analogiebeispiel, bleibt uns nur die Hoffnung (und die stirbt ja bekanntlich zuletzt!), dass die einäugige Sehfähigkeit der Politik, der Polizei und der Justiz sich nicht zur totalen Blindheit weiter entwickelt.

In Sachen 'Schule' ist schon so lange an den Symptomen herumgedoktert worden, dass wohl nicht einmal die Hoffnung so lange mit dem Sterben warten kann, oder? Tritt ein neues Symptom auf, zum Beispiel ein erneuter Amoklauf oder auch nur die Androhung eines solchen, ist man ähnlich überrascht wie bei der Veröffentlichung der PISA-Studie, und man kommt aus dem Kopfschütteln nicht mehr heraus. Dann wird das Symptom selbstverständlich schleunigst 'behandelt', das heißt vielleicht mit einer Salbe versehen und eine eventuelle Wunde verbunden, damit niemand sie sehen kann. Die eigentliche Krankheit und das daraus resultierende Siechtum geht trotz der Salbe unter dem Verband weiter.

In den letzten fünfzig Jahren hat sich zum Beispiel im Jugend-Strafvollzug einiges zum Positiven verändert. Ob das schon genügt, vermag ich nicht zu beurteilen. Aber immerhin *hat* sich etwas verändert, auf das verwiesen werden kann!

Zurück zum Thema Schule! Jedes mehr oder weniger schreckliche Ereignis, jedes Gespräch, in dem das Gegenüber abgekanzelt wird, jeder Fall ostentativen Ungehorsams ist ein Symptom, nicht die Krankheit!

Was geschieht zur Erforschung der Krankheit? – Nichts oder mindestens fast nichts!

Vielmehr entwickelt sich schleichend ein Klima der Angst und Unterdrückung. Das ist meines Erachtens ein Zeichen extremer Hilflosigkeit.

Ein solches Klima wird dann auf Dauer dadurch aufrecht erhalten, dass die Initiatoren sich zu Lagern zusammen finden und auch für die Mitläufer dabei etwas abfällt, und wenn es nur das ist: Der Inhalt der Gespräche der Gruppenmitglieder untereinander reduzieren sich im Laufe der Zeit auf genau ein Thema, welches schließlich auch in (scheinbar?) vollem Konsens diskutiert werden kann. Es ist so schön und schweißt noch mehr zusammen, wenn man einer Meinung ist und das auch offen sagen kann! Das entschleimt so schön und gibt einer bestehenden Allmachtsfantasie neue Nahrung.

Und wenn die daraus resultierenden, im Rahmen der Rechts- und Verwaltungsvorschriften erlaubten Ordnungsmaßnahmen nicht mehr ausreichen, wird die Polizei gerufen. Das ist dann ist die allerletzte Stufe der Hilflosigkeit!

Wo war eigentlich die vorgesetzte Behörde während dieser ganzen Zeit der Entwicklung eines Klimas der Angst und Unterdrückung? 'Klima' betrachtet schließlich das arithmetische Mittel *aller* Wetterlagen über einen langen Zeitraum! – Oder fährt die vorgesetzte Behörde immer noch einen Kurs, der in den oben geschilderten Disziplinarverfahren deutlich geworden ist?

Trotz eines in solchen Fällen hörbaren Aufschreis bei möglichen Mehrkosten: Auch die Entwicklung der letzten fünfzig Jahre im Jugend-Strafvollzug gab es nicht für ein Butterbrot!

Ganz dringend muss das Augenmerk auf folgende Punkte gelegt werden:

- Es gibt in der gegenwärtigen Schule selten eine Gesprächssituation zwischen Lehrer und Schüler auf Augenhöhe, sondern Gespräche finden sehr häufig auf dem Niveau 'Befehl und Gehorsam' beziehungsweise 'Abkanzelung' statt. Das ist so in die Routine eingegangen, dass es die beteiligten Lehrer von selbst häufig gar nicht mehr merken. Merken tun sie es meistens nur, wenn sie unter fachkundiger Anleitung und unter Auswertung von Videoaufnahmen eigene Gespräche in Rollenspielen sehen und hören. Dann erwischt sie die Erkenntnis der Asymmetrie häufig so unvermittelt und empfindlich, dass sie von ihrem eigenen Verhalten geradezu entsetzt sind. Manche schämen sich sogar. Aber wo und wie oft gibt es so etwas in der Lehrerausbildung oder Lehrerfortbildung? – Ganz selten! Oder vielleicht auch gar nicht?

- Solche Projekte lassen sich auch mit Schülern machen, und zwar erfolgreich, um sie zu sensibilisieren für Asymmetrie im Umgang mit ihres gleichen, aber auch im Umgang mit Lehrern oder vielleicht auch im Umgang mit Eltern! Aber wo ist in der Schule dafür Platz? – Ich kann auf reichhaltige und gute Erfahrung in angebotenen Kursen während mehrerer Projektwochen verweisen. Bei meinem ersten Angebot eines solchen Projektkursus unter dem Namen 'Verhaltenstraining' hatten sich acht Schülerinnen beziehungsweise Schüler gemeldet, die 'übrig geblieben waren', die quasi in keinen Kurs hinein wollten, weil sie zu nichts Lust hatten. Durch die Mund-zu-Mund-Propaganda dieser Jugendlichen war dann in der nächsten Projektwoche der analoge Kurs mit knapp dreißig Schülern überbelegt, und einige mussten ihre Zweitwahl zugeteilt bekommen. Später gab es Schuljahre, in denen ein solcher Kurs von mir als nachmittägliche Arbeitsgemeinschaft angeboten und von den Schülern gern angenommen wurde.

- Schule hat in ihren Lerninhalten schon, solange ich denken kann, um mindestens fünfzig Jahre hinterher gehinkt. Diese Zeitspanne hat sich deutlich vergrößert und vergrößert sich immer noch. Dieser Vorwurf kann auch nicht damit entkräftet werden, wenn man moderne Medien ins Feld führt, wie beispielsweise die frühe Einführung des Taschenrechners oder die Existenz von Tageslichtprojektoren und anderen Lehrmedien, die es früher nicht gegeben hat. Es sind die Inhalte, von denen der eine oder andere im Lehrplan ausgewechselt werden muss!

- Besonders ernst und besonders deutlich stellt sich das Bestreben, kein lieb gewonnenes inhaltliches Detail aufgeben zu wollen, jetzt bei der Umstellung von dreizehn auf zwölf Schuljahre dar. Die armen Kinder, die schon ab Klasse sieben dazu angehalten werden, 'den Stoff von dreizehn Schuljahren in zwölf zu schaffen'! Das führt dazu, dass stellenweise Unmögliches von den Schülern verlangt wird.

Beispiele gefällig? Gern!

Ein Lehrer hat den Schülern einer elften Klasse die Aufgabe gegeben, sich die gesamte Stochastik (Wahrscheinlichkeits-rechnung und Statistik) in der Zeit von Ostern bis zur letzten Klausur in dem Schuljahr neben dem 'normalen Mathematikunterricht'(!) anhand eines Lehrbuchs selbst beizubringen.

Ein anderer Lehrer gestaltet seinen Mathematikunterricht nur noch als eine Art Vorlesung ('Rechts schreiben und links wischen!'). 'Zu diesem Firlefanz von Unterrichtsgespräch und Stillarbeit haben wir keine Zeit mehr!' – Eine schreckliche Vorstellung!

- Und schließlich noch einmal: Wer hat denn schon einmal die Auswahl der Studienanfänger des Lehramtsstudiums hinsichtlich ihrer Fähigkeit, mit Menschen umzugehen, ernsthaft untersucht? Das geforderte Schulpraktikum stellt in diesem Zusammenhang eine Farce dar! Und Schüler, daran sei in aller Bescheidenheit erinnert, *sind* Menschen und mit ihnen muss unbedingt mit Respekt und Achtung umgegangen werden, auch wenn oder gerade weil eine gewisse Abhängigkeit nicht zu leugnen ist.

Es gäbe noch eine Fülle von Fragen dieser Art mit den zugehörigen Wunschvorstellungen und auch eine Fülle von schrecklichen Beispielen. Aber mich fragt ja keiner! Nicht einmal danach, die geeigneten, aber unbequemen Fragen zu stellen. – Die Fragen sind umsonst. Gemeint ist ursprünglich die auf die Kosten bezogene Bedeutung des Wortes. Aber die übertragene Bedeutung trifft wohl leider mit größerer Wahrscheinlichkeit zu. Die Fragen kosten zwar kein Geld, werden vermutlich aber vergeblich gestellt. Die Umsetzung einer Antwort in die Tat kann teuer werden. Sie wird aber umso teurer, je länger sie vermieden wird.

Deshalb ist mein Rat:
Es gibt viel zu tun! – Lassen wir es weiterhin liegen!

Von demselben Autor gibt es noch die folgenden Bücher:

**Von einem, der auszog,
nicht das Fürchten zu lernen**
Zum Arzt gehen oder gesund werden?
Medizin – eine Wissenschaft oder nur ein
Geschäft von Krankheitserfindern?
ISBN 9783839124314

**Erlebnisse, Eindrücke, Emotionen
als Lehrer in Ägypten**
Ein Blick zurück ohne Zorn

ISBN 9783839102930

Der Junge von nebenan
Die wundersame Entwicklung vom
Prügelknaben zum Demokraten

ISBN 978-3-86850-922-9

Hilfe! Ich muss ins Krankenhaus!
Die absolut unnötigen Leiden des Otto B.
Eine Zeit der Reparaturen

ISBN 9 78344 800875

FSC
www.fsc.org
MIX
Papier | Fördert
gute Waldnutzung
FSC® C083411

Zeitfracht Medien GmbH
Ferdinand-Jühlke-Straße 7
99095 Erfurt, Deutschland
produktsicherheit@kolibri360.de